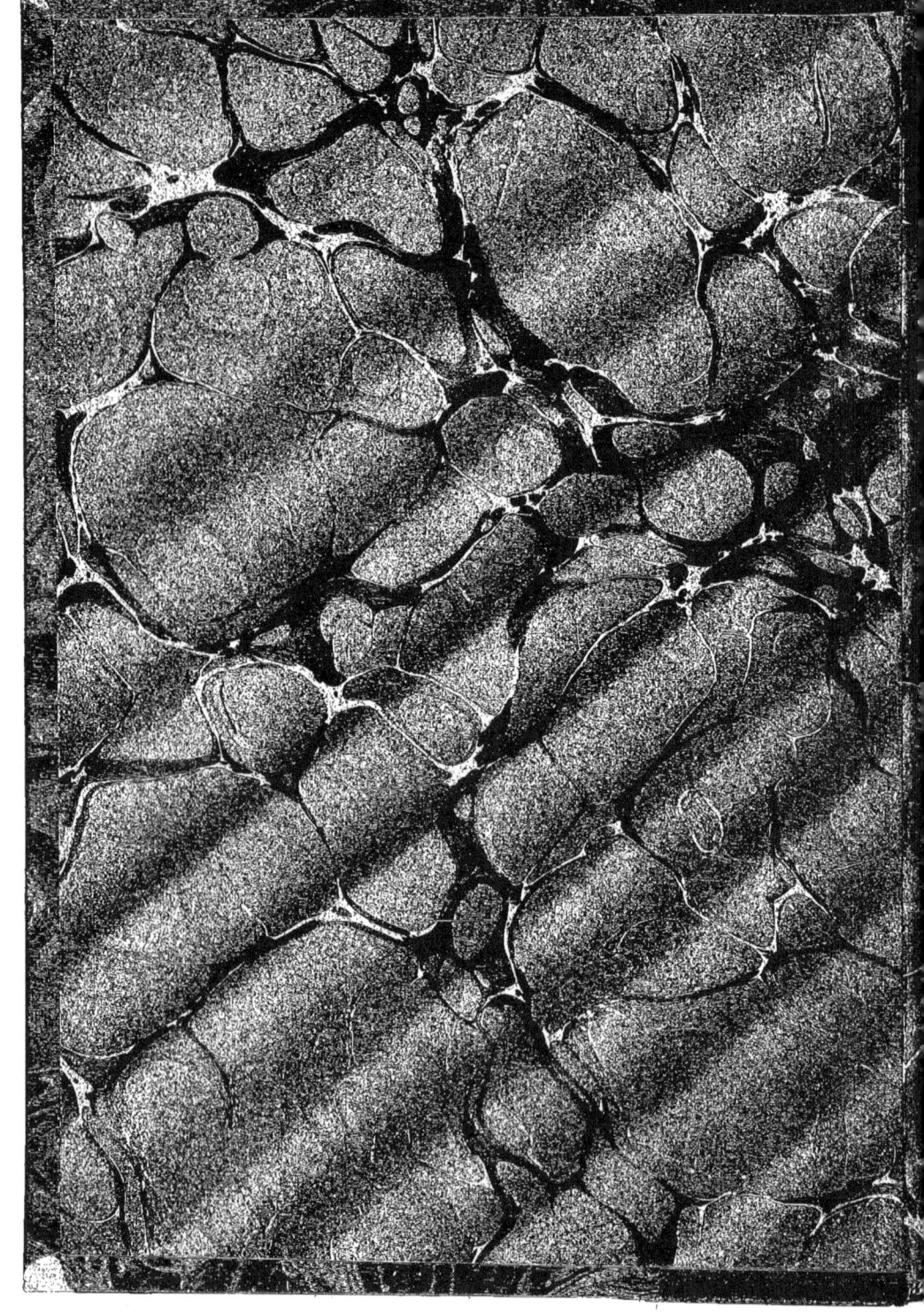

Une Femme m'apparut...

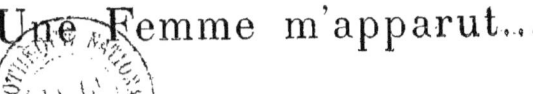

I

Par un soir indécis, l'Annonciatrice vint vers moi.

Le visage de l'Annonciatrice était mystérieux et troublant comme celui du San Giovanni de Léonard.

« J'ai pitié de toi, » me dit-elle, « parce que tu n'as point encore souffert. »

Je ne la comprenais qu'à demi. J'étais très jeune.

« J'ai pitié de ton cœur vide, » me dit-elle encore.

Tranquille, je l'écoutais.

« Je te conduirai vers ~~Vally~~.

— Qui est cette ~~Vally~~ ? »

Je parlais avec une curiosité légère.

« ~~Vally~~ est la prêtresse païenne d'un culte ressuscité. ~~Elle est~~ la prêtresse de l'amour sans époux et sans amant, ainsi que le fut jadis Psappha, que les profanes nomment Sapho. ~~Vally~~ t'enseignera l'immortel amour des amies.

— Est-elle belle ? » questionnai-je.

« Undine elle-même ne fut point aussi cruellement et suavement blonde. ~~Vally~~ a des yeux d'eau glacée et des cheveux de clair de lune. Tu l'aimeras et tu souffriras de cet amour. Mais jamais tu ne regretteras de l'avoir aimée. »

San Giovanni l'avait dit : j'avais le cœur vide. Et je ne craignais point encore la venue de l'amour.

« Qui sait ? » dis-je à l'Annonciatrice. « Peut-
être n'ai-je pas un cœur fait pour la passion. Je
n'ai point aimé. Peut-être n'aimerai-je point,
dans ma vie humaine. Il y a, sur terre, tant
d'êtres qui passent à côté de l'amour !

— Tu ne seras point de ceux-là, puisque tu
connaîtras Vally.

— Vally a-t-elle aimé ?

— Je crois que Vally aime l'éternel amour
plus que les éphémères créatures qui l'incarnent
pour elle. »

Je me tus. La curiosité légère grandissait en
moi.

« M'accueillera-t-elle favorablement, ô toi
qui lis dans l'avenir ?

— Si tu l'aimes, Vally t'accueillera. Car il
lui agrée qu'on l'aime. Elle sait qu'elle est
étrangement belle. Et elle se plaît à mirer sa
beauté dans les prunelles ferventes de celles
qui l'adorent.

— Quand la verrai-je?

— Demain. »

L'Annonciatrice me sourit d'un sourire indéfinissable.

Elle sourit, équivoque à l'égal du San Giovanni de Léonard.

II

J'attendais Vally, dans un boudoir glauque,
où les bibelots semblaient jetés çà et là, au gré
d'une main impatiente. On y sentait le caprice
et le désordre d'un esprit fantasque. Des fleurs
éclataient partout en gerbes, en fusées, en masses
touffues, lys tigrés ouvrant leurs vastes corolles,
d'où s'exhalait la violence du parfum, grappes
d'orchidées bleues retombant avec une grâce
triste, gardénias, si fragiles que le frôlement

le plus doux les eût flétris, blêmissant à côté des roses blanches. C'étaient toutes des fleurs d'hiver, de ces frêles et longues fleurs qui ne savent point l'épanouissement dans l'air et le soleil.

Je devinai que Vally devait chercher en l'art, plutôt qu'en la nature, un fuyant idéal.

Je me pris à songer...

Vally paraîtrait tout à l'heure, incarnation de mon destin. Elle viendrait vers moi, cruellement et suavement blonde comme Undine elle-même.

San Giovanni m'observait, avec son indéfinissable sourire. Et moi, je savourais cette charmante angoisse de l'attente.

La porte s'ouvrit.

« Vois, » me dit l'Annonciatrice.

Dans une demi-clarté à la magie singulière, une Femme m'apparut... A son approche, les lys tigrés jetèrent un plus véhément parfum.

Elle était pâle et d'une blondeur presque surnaturelle. Ses voiles traduisaient la souplesse insidieuse de son corps.

Instinctivement, je redoutai le commandement de son regard, la courbe impérieuse de ses lèvres. Ses cheveux la nimbaient d'un perpétuel clair de lune.

Jamais je ne vis de beauté plus étrange. Elle me domina de son regard. Je n'essayai point de me dérober à la séduction de ces prunelles volontaires.

« Je suis ici, » lui dis-je, « parce que je devais venir. »

Elle me sourit, d'un sourire florentin, qui ressemblait à celui de l'Annonciatrice, mais recélait plus de langueur.

« Viens, » ordonna-t-elle.

Elle me prit par la main. Nous entrâmes dans un lumineux atelier où bourdonnaient des groupes de jeunes filles. Toutes étaient belles.

Bizarrement adoucis, et pourtant aigus comme deux flammes d'azur, les yeux de Vally s'appuyèrent tour à tour sur toutes ces jeunes filles. Et les yeux de Vally prenaient, en se posant sur chacune d'elles, une expression différente.

« Laquelle d'entre elles aimez-vous? » osai-je interroger, tout bas.

« Je les aime toutes, » répondit Vally. « Mais j'aime chacune d'elles d'une tendresse dissemblable. N'est-ce pas qu'elles sont belles, diversement?... Celle-ci est un vivant tableau du nouvel art. Comme ses lèvres sont assoiffées de baisers inconnus! Tout son être est avide. Vois, elle est irrassasiable à l'égal d'un vampire. Son teint vert méprise le fard. On ne l'oublie point. Qui l'effleure la sent toujours... »

J'admirai la merveilleuse pâleur un peu verte qui méprisait le fard.

Vally, s'étant interrompue, reprit avec ardeur :

« Celle-ci n'évoque-t-elle point une égarée de 1730? N'est-ce point une marquise dont les pas ont gardé le souvenir des menuets? Elle me fait songer aux bals de cour, aux cheveux poudrés, aux madrigaux chuchotés derrière l'éventail ému...

Celle-là est une enfant de gitane, ivre de soleil. Et là-bas, c'est une petite vierge gothique. Elle dédaigne la forme et la ligne sereines. Regarde-la : elle semble n'avoir point de corps sous sa robe aux plis rigides. La simplicité et la lumière lui répugnent. Elle n'aime que le mystique et le miraculeux. Cette autre est une Israélite, magnifique autant que l'Orient, et dont la chevelure garde une odeur de myrrhe et de santal... »

Une très jeune fille sourit à Vally.

« Ah! celle-là, ah! celle-là! » murmura Vally,

« c'est la Belle aux désirs dormants, c'est la prometteuse d'azur. Je voudrais lui dire un sonnet d'étoiles. Je voudrais choisir pour elle des mots féminins ineffablement, lui dresser un culte en dehors du monde : l'entourer de lys, d'encens et de cierges. Je serais la vestale qui veillerait sur son corps sacré, comme sur un autel. Et sa candeur blonde ne connaîtrait point les lèvres subtiles des princesses charmantes/

Vally parlait avec une grave tendresse. Je devinai que cette âme infinie pouvait, sans jamais épuiser ses trésors, prodiguer des richesses d'émotions sans cesse renouvelées.

« Et moi, » implorai-je, « et moi, Vally, ne m'aimeras-tu point ? »

Vally me considérait, anxieuse.

« Je crois que je t'aimerai, » dit-elle. « Je crois que je t'aime déjà... »

Le jour tombait. Et le crépuscule mêla son

tendre mystère à ces mystérieuses et tendres paroles.

« Attends-moi ce soir, » chuchotai-je. « Je suis avide d'étoiles... »

III

Nous partîmes ensemble. Nous errâmes dans un bois que givrait le soir d'hiver. Comme une princesse scandinave, Vally s'enveloppait de fourrures blanches.

Mes yeux étaient éblouis de neige. Toute cette clarté paraissait fleurir des épousailles irréelles.

Vally se taisait.

« Parle-moi de toi, » suppliai-je. « Je t'aime, et je voudrais ignorer un peu moins celle que j'aime.

— Je suis triste sans détresse véritable, » répondit Vally. « Je suis triste, indiciblement.

— N'es-tu point une amoureuse de la tristesse ?

— Non pas. Je la fuis et pourtant je la retrouve en tout et toujours. Je me lamente vainement, ainsi que le vent d'automne... »

Elle s'arrêta.

« Ma vie me navre, » poursuivit-elle. « Et je ne conçois point une vie meilleure... Le luxe qui m'entoure m'oppresse. Les plaisirs sont si vieux qu'ils mordent sans dents.

— De quel mal souffres-tu dans ton âme ?

— De quel mal ? » soupira Vally. « Je ne sais. Quel qu'il soit, je le sens inguérissable. Mon cœur est une cloche au timbre fêlé... »

Elle rit avec amertume.

Une angoisse m'étreignit le cœur... Je l'aimais déjà... Je l'aimais déjà...

« L'ennui !... Il me semble, parfois, que l'uni-

vers est pareil à une grise cathédrale d'où
Notre-Dame de la Vieillesse a ~~chassé~~ les dieux. *banni*
Elle seule règne, la Madone aux rides, dans sa
châsse croulante... »

Elle continua :

« Parfois, je me dis que j'ai chanté toutes
mes chansons et cueilli toutes mes fleurs...
Mais je sens que mon âme demeure altérée.
J'attends encore je ne sais qui. Je sanglote encore, je ne sais trop vers quoi... Peut-être
est-ce le nouvel amour, l'amour inconnu, que
j'espère. Peut-être m'apportes-tu cet amour,
entre tes mains tendues... »

C'était autour de nous le soir d'hiver, un
soir de mariage mystique. C'était autour de
nous et en nous une chasteté nuptiale, une volupté blanche.

« Je voudrais tant t'aimer ! » soupira ~~Vally~~. *San !*
Ces paroles tombèrent sur mon cœur troublé.
« Moi, je sais que je t'aime, ~~Vally~~... » *San !*

Une prescience obscure me dicta ces mots :

« Je t'aime et j'ai déjà la certitude que tu ne m'aimeras jamais. Pourtant, je ne crains pas de t'aimer. Tu es la souffrance merveilleuse qui fait mépriser le bonheur. »

J'ajoutai, devant le silence de Vally :

« Je t'ai vue aujourd'hui pour la première fois et je suis déjà l'ombre de ton ombre. Je serai ce que tu feras de moi.

— J'aime ton amour, » murmura Vally.

« J'ai peur de te comprendre, et je tremble de t'attirer irrémédiablement. Mes illusions sont de pauvres clowns qui se regardent grimacer à travers leurs larmes… Je voudrais tant t'aimer ! t'aimer dans mes moments de silence, qui s'éterniseraient enfin ! Ne vois-tu pas comme je pleure de mes joies et comme je ris de mes tristesses ? »

Il y eut entre nous une pause.

« Mon amour est assez grand pour rester so-

litaire, » répondis-je. « Je t'aime, et cela suffit
à mon extase et à mes sanglots... Tu ne m'aimeras jamais, Vally, car tu as en toi une telle
ardeur de vivre et de sentir, que la passion de
tous les êtres ne te contenterait point... »

Les étoiles brillaient aussi froidement que le
givre. Et la neige était moelleusement déroulée.

Les cheveux de Vally sous les rayons de
lune, scintillaient froidement. Et les yeux de
Vally étaient froidement bleus, telles les eaux
baignées de lune.

« Je suis ivre, » sanglotai-je. « Vally, Vally,
je suis ivre... »

C'était autour de nous le soir d'hiver, le soir
d'irréelles épousailles.

IV

Je subissais ma félicité étrange, sans la comprendre, sans la goûter. Plus tard, seulement, je sus que ces heures troubles étaient les heures inoubliables que pleurent les regrets et les souvenirs...

« Elle t'enseignera l'immortel amour des Amies, » avait murmuré l'Annonciatrice.

Vally était semblable à une prêtresse païenne qui, dans un temple abandonné, aurait ressuscité le culte de la déesse, rallumé les feux sacrés et relevé l'autel en ruines.

Elle parlait de Psappha comme si elle l'eût entendue chanter dans un verger de Mytilène. Jamais aucune des compagnes de la tisseuse de violettes ne l'aima plus simplement, plus fervemment que cette lointaine disciple.

« Elle seule, » disait Vally, « est éternelle. Le culte des dieux a péri, mais le culte de ses poèmes ne périra point. Celle qui l'aime doit l'aimer à l'exclusion de tout autre amour. »

Et je me remémorai ces nobles phrases, dédiées à Psappha et cueillies dans un livre que j'avais relu souvent * :

---

* TRYPHÉ : Cinq petits dialogues grecs, Paris, à la *Plume*.

« *Si tu m'aimes, tu quitteras tout ce que tu chéris, et les lieux où tu te souviens et ceux où tu espères ; et tes souvenirs et tes espoirs ne seront plus qu'un désir vers moi.*

« *Si tu m'aimes, tu ne regarderas ni en arrière ni en avant, tu ne sauras que moi, et ta destinée ne portera plus que mon empreinte.*

« *Si tu m'aimes, tu n'auras d'autres infinis que mes lèvres, d'autres prisons que mes bras, et de mon corps tu feras tous tes songes...* »

Et je lui répondis en sanglotant :

« *Je t'aime.* »

V

... J'aimais ~~Vally~~ avec tout l'inconscient élan *voir!*
du premier amour. Je l'aimais si aveuglément
que je ne m'étais point demandé si cet amour
était partagé. J'aimais ~~Vally~~, et je croyais en- *voir!*
core que l'amour attire l'amour.

... Peu à peu, je me réveillai. Et je compris
que ~~Vally~~ demeurerait indifférente à toute ma *voir!*
passion, à toute ma tendresse.

Le temps, loin de la fléchir, la figeait dans sa
froideur. Mes pas, ma voix, ma présence l'excé-

daient. Elle ne m'aimait point, ne m'aimerait jamais, jamais...

Lorsque, sottement, je me lamentais sur ce dont ni elle ni moi n'étions responsables, elle répondait :

« C'est moi qu'il faut plaindre et c'est toi qu'il faut envier. Puisque tu as su découvrir l'amour que je cherche en vain depuis tant d'années perdues, révèle-le-moi ! Je voudrais tant t'aimer ! »

Et, lorsque j'implorais d'elle un mot d'espoir :

« Je voudrais tant t'aimer ! » redisaient comme un refrain ses lèvres lasses de mes lèvres.

Quelquefois, elle me laissait entrevoir la possibilité de l'atteindre un jour.

« Tu comprendras plus tard le néant des plaisirs pour lesquels je te néglige. Et tu ne verras alors, dans l'avidité avec laquelle je les recherche, que ma crainte de les voir s'évanouir. »

Elle avait pour symboles l'arc-en-ciel et l'opale, tout ce qui brille et change selon le reflet de l'instant.

« Comme l'art, » disait-elle, « l'amour est complexe et malaisé... Le statuaire ne cherche point en un modèle unique sa vision surhumaine. Il découvre la splendeur absolue en des êtres dissemblables, dont chacun lui a donné ce qu'il avait de plus beau. Et moi, pour mon rêve d'amour, il me faut réunir les perfections éparses, afin de les confondre en un harmonieux ensemble créé par moi. »

Je lui dis un jour :

« Tu es l'avril. Ces vers de Swinburne peuvent seuls t'exprimer et te contenir tout entière :

> A mind of many colours, and a mouth
> Of many tunes and kisses...

« Mais, moi, je t'aime douloureusement et d'un amour unique.

3

— Tu m'aimes mal, » interrompit ma fleur de Séléné. « Tu m'aimes mal, puisque tu ne sais ni me retenir ni me comprendre.

— On aime toujours mal, Vally. Aimer bien, ce n'est plus aimer d'amour.

— L'amour? » répéta Vally. « L'amour est l'immolation perpétuelle de soi-même... Lorsque je rencontre en passant une apparition de grâce qui me ravit, tu devrais te réjouir de la félicité que m'accorde une illusion brève. »

Elle cita :

« J'ai rêvé d'un Calvaire où fleuriraient des roses... ».

« Tu as peut-être la meilleure part, » concédai-je.

Et nous unissions nos lèvres fébriles en un baiser où nous goûtions déjà l'amertume des regrets futurs.

VI

Qui dira jamais le charme ondoyant, le charme insaisissable de ~~Vally~~?...

... Souvent, nous nous égarâmes ensemble dans le petit bois pareil aux forêts enchantées. Il y régnait un mystérieux silence. On se serait cru parmi les verdures de Brocéliande où, jadis, erra Viviane...

Viviane!... J'évoquais la fée tentatrice et me la représentais sous l'apparence de ~~Vally~~. Les

yeux de Viviane étaient d'un bleu mortel. Ses
vagues cheveux pâlissaient, tel un clair de lune.
Elle souriait, comme ~~Vally~~, d'un sourire mince.
Avec une lenteur perfide, elle se glissait à travers les lianes, cueillant au passage la ciguë et
les digitales. Et son baiser donnait l'oubli.

~~Vally~~ était la sœur lointaine de Viviane...

... Le fallacieux printemps était venu, pro-
diguant ses mensongères promesses, et faisant
naître la soif d'impossibles bonheurs.

Comme toutes les âmes, j'écoutais les promesses du printemps. Et mes regards se tour-
naient vers ~~Vally~~, qui incarnait tout le décevant avril...

« Il me semble », chuchotait ~~Vally~~, « que ce
printemps va m'apporter enfin la douceur inconnue que j'espère depuis toujours... Il me
semble que je vais renaître, moi aussi, que je
me réchaufferai, que je m'épanouirai toute !
Entends-tu ? Je sens que, demain, j'aimerai

véritablement... Peut-être est-ce toi que j'aimerai... »

Elle m'éblouit d'un sourire...

Le printemps entourait ~~Vally~~, ainsi qu'un décor. Jamais je ne la vis plus radieuse. Elle allait, souple chimériquement, et l'on eût dit qu'elle marchait vers l'avenir.

« Demain, » reprit-elle, « ah! demain!... J'aimerai... »

A l'orée du petit bois, serpentait une rivière paresseuse. Nous longeâmes le chemin qui menait vers cette rivière.

Sur les bords, où frissonnaient les roseaux, ~~Vally~~ s'arrêta.

« Viens nous pencher vers l'eau, » dit-elle.

Elle s'agenouilla, se mira. J'atteignis des nénuphars, qu'elle mêla en riant à ses cheveux dénoués.

« Tu es plus belle que la ~~Loreley~~, » soupirai-je.

3.

Je lui tendis les bras. Je voulus l'emprisonner
toute dans mon étreinte. Elle serait mienne...
mienne enfin. Son cœur répondrait à mon cœur.
Ses yeux répondraient à mes yeux acharnés.
Peut-être s'abandonnerait-elle, consentante...

Mais elle glissa entre mes mains, se déroba,
comme une fugitive ondine...

Et, triste de mon impossible désir, je la considérai.

Sa robe verte coulait autour de son corps
fluide. Les plis glauques ondoyaient au soleil.
Elle paraissait vêtue de remous.

« M'échapperas-tu éternellement, Vally ?
— Peut-être... »

Les mots indécis ruisselèrent dans le silence.
Des sanglots me montèrent à la gorge.

« Ne pleure point, » ordonna-t-elle. « Songe
à la laideur des larmes. »

Elle rompit un roseau, et le mit entre mes
doigts.

« Voici une flûte, » dit-elle. « Chante-moi,
puisque tu m'aimes... »

Je pris le roseau : j'essayai de le tailler, de
l'animer de mon souffle. Peines perdues : le
roseau demeura muet. Et je dus avouer ma dé-
faite :

« Je ne sais point te chanter, Nelly. »

Elle me bouda, en un dépit ravissant.

« Comment t'aimerais-je, puisque tu ne sais
point me chanter? »

Elle rentra sous le petit bois magique. Le
soleil vivifiait ses pâles cheveux. Ses pieds étincelaient dans l'herbe. Une invisible musique
semblait l'accompagner, la traduire, l'exprimer
tout bas.

Je la suivais, l'âme découragée. S'adossant
à un chêne, elle fit une pause.

Longtemps, elle se tint debout contre l'arbre
dont le feuillage pleuvait autour d'elle. Sachant
qu'elle avait besoin de silence, je me tus.

« J'entends battre le cœur de l'arbre, » murmura-t-elle, « et couler le sang vert dans ses
veines. »

Le feuillage l'encadrait de reflets mouvants.
Les blonds un peu verts de sa chevelure s'im-
prégnaient d'émeraude. Elle évoquait, elle
ressuscitait la grâce élancée d'une Hama-
dryade.

Je la contemplai. Et je compris cet insatiable
amour de la femme qui poussait les peuples à
la chercher partout, dans les fontaines et les
fleuves, dans la forêt et la mer. Hestia, jaillisse-
ment de flamme vive... Pomona, qui arrondis-
sais la courbe molle des fruits... Flora, pétrie de
tous les parfums... Ménades, qui fûtes l'âme
tumultueuse des vignes... Naïades et Néréides...
Bonne Déesse universelle !

Je retrouvais en Vally la naïade fuyante, la
néréide, l'oréade à la calme chevelure, la mé-
nade et la vestale. Et surtout, je retrouvais

en elle l'harmonieux péril que symbolisaient
les sirènes...

Je ne voyais qu'elle, je ne poursuivais que
son image dans la multiple magnificence de
l'univers. J'adorais, en la beauté de Vally, la
beauté immortelle de la femme...

Elle comprit ma pensée.

« Tu as raison, je suis éternelle. Je mourrai,
mais je renaîtrai, et ceux qui aiment mon souvenir me reconnaîtront toujours... »

Et, les prunelles rayonnantes d'orgueil :

« Je ressusciterai demain, » dit-elle, « comme
aujourd'hui je suis ressuscitée... »

VII

Je sortis sous la pluie crépusculaire, et je m'enivrai mortellement de la merveilleuse tristesse des soirs de bruine. Je portais au cœur une fébrile mélancolie.

« Nelly... » murmurais-je à travers la bruine, « Nelly... »

Son nom revenait sur mes lèvres ainsi qu'un sanglot.

J'évoquais l'heure déjà lointaine où je la vis pour la première fois, et le frisson qui me par-

courut, lorsque mes yeux rencontrèrent ses yeux. J'avais eu la prescience que cette femme incarnait mon destin, que son visage était le visage redouté de mon avenir.

Près d'elle, j'avais connu les vertiges lumineux qui montent de l'abîme et l'appel de l'eau très profonde.

Je n'avais point tenté de la fuir, car j'aurais échappé plus aisément à la mort.

... Comme je songeais à ces choses, j'aperçus, venant vers moi, une forme crépusculaire, qu'on eût dit tissée de lumière déclinante et de bruine. Et, peu à peu, cette forme, se rapprochant, se précisa. Je reconnus Ione...

Ione avait été la petite compagne de mon enfance. Nous avions grandi côte à côte, mettant en commun toutes nos pensées. Elle était restée la blanche amie sororale. Mais je n'avais point encore osé lui parler de Vally.

Mes prunelles s'attachèrent sur Ione. Le

front trop large et trop haut écrasait tout ce
pensif visage, hypnotisant les regards et faisant
presque oublier les yeux bruns vastes comme
le soir, et la bouche tendre.

Ainsi qu'une moniale, Ione marchait les
paupières baissées. Il flottait autour d'elle un
parfum de solitude. Sa voix et ses gestes étaient
d'une religieuse douceur.

Elle portait entre ses doigts des violettes
douloureuses. Elle aimait les violettes entre
toutes les fleurs, pour leur grave simplicité.

« Ione, » dis-je à la mélancolique amie,
« donne-moi ta tristesse. Je l'ajouterai à la
mienne. »

Elle sourit, sans me répondre.

« Tu parais errer en cherchant un abri à travers ce soir de bruine, » continuai-je, me for-
çant à railler.

« Tu ne te trompes point. Je cherche déses-
pérément un abri. »

4

Je m'étonnai un peu de la solennité impétueuse de cette réponse. Nous échangeâmes un
long regard.

« Je suis lasse de chercher, » ajouta-t-elle.

Sa voix traduisait un insondable découragement.

« Je vais me reposer dans une chapelle, non
loin d'ici. Il n'y a ni chants ni rumeur d'orgue,
à cette heure : il n'y a que le pieux silence. Les
petites flammes des cierges trouent l'ombre et
les ors des autels luisent faiblement. On devine
la pensive Madone et le Christ tragique. Le soir
a noyé leurs faces et le souffle des lys monte
vers eux... L'odeur de l'encens est une ivresse
apaisante.

— Ione, » suppliai-je, « ne t'attarde point
trop longtemps dans la chapelle... »

Elle ne m'écoutait point.

« Je m'agenouille aux pieds de la Madone
pensive, de la Madone qui accueille toutes les

prières. Et je mets les miennes entre ses mains...
Il y a toujours, dans toutes les chapelles, une
femme qui pleure aux pieds de la Madone. Je
suis cette femme-là. Je n'entends point ceux qui
passent et me frôlent. Je demeure abîmée dans
ma tristesse et dans mon espérance.

— Dans quelle espérance, Ione? »

Elle hésita.

« Il me semble alors... il me semble en vérité que je crois...

— Comment peux-tu croire, Ione, devant la
souffrance des êtres? »

Elle entr'ouvrit les lèvres, hésitante, puis
continua :

« J'interroge la Vierge muette et qui a l'air
de me prendre en pitié, moi aussi. J'ai ma part
de son universelle compassion. L'encens monte
vers elle, emportant mon âme. Je suis agenouillée et perdue dans le crépuscule, — une
petite ombre parmi toute cette ombre. Je me

sens humble et tendre infiniment... Enfin, je
ne pense plus...

— Oui, oui, ne pense plus, mon amie. Aime
quelqu'un, aime quelque chose. L'amour est
moins funeste que la pensée. »

Ione s'éloigna un peu.

« Je n'ai jamais aimé et jamais je n'aimerai
un être humain qui serait aussi faible, aussi
lamentable que moi-même. Ce que je désire
éperdument, c'est le divin... Je veux un amour
qui jamais ne sera trompé ni déçu, un amour
sans fin et sans bornes, un amour surnaturel.
Je veux la foi. »

Le visage d'Ione blêmissait à travers le crépuscule. Elle considérait fixement ses mains, de la
couleur des anciens ivoires. C'était, chez elle,
une habitude maladive de contempler ses
mains pendant des heures.

Une femme voilée passa auprès de nous. Elle
poursuivait sa route en tâtonnant.

« Elle va vers la chapelle, » dit Ione. « Elle va prier. Elle croit, peut-être... »

Une parole saisissante d'un aveugle, entendue à Tunis, me revint à la mémoire :

« *Donne-moi un peu d'argent, afin d'acheter de la lumière.* »

A voix haute, j'achevai ma pensée.

« Tous, nous oublions que la lumière ne se vend pas. Nous sommes les aveugles... Et nous épuisons inutilement notre volonté dans l'effort de voir, au lieu de fermer les paupières et de regarder en nous-mêmes. La lumière est en nous, et non point au dehors. Nous ne verrons qu'en nous résignant à ne point voir... »

Les yeux d'Ione suivaient la femme, déjà lointaine, et qui, peu à peu, disparaissait dans la brume.

« Elle croit, peut-être...

— Et toi, Ione, ne crois-tu point? »

Avec un lourd regret, elle hocha la tête.

4.

« Je n'ai point encore été conviée au festin
du miracle... »

Je frissonnai.

« Ceux qui croient recèlent en eux toutes les
magnificences du ciel, » dit Ione. « Qu'importe
s'ils se sont trompés? Ils ont connu le Paradis.
Ils y sont entrés vivants. »

Elle refoula ses larmes. Je restai devant elle,
dans mon impuissance à la soulager, à la guérir.

« Tu connais toute ma vie, » reprit-elle. « Te
souviens-tu de ma détresse lorsque, au sortir
de mon enfance, je perdis la foi? Je ne me suis
jamais consolée de l'avoir perdue. Parfois, il
me semble que je vais mourir de ne plus
croire. »

Elle s'était rapprochée de moi. Tout son être
se révoltait contre l'horreur du réel, contre la
laideur et la bassesse du réel.

Le crépuscule, gris et morne comme le doute,
nous enveloppait, et l'indécision de l'heure était

pleine d'angoisse. La lumière inquiète vacillait
à l'horizon.

« Rien n'est assuré, » dit Ione, d'une voix
qui se brisait. « Vois, l'univers est aussi incer-
tain que nos âmes. »

Autour de nous, le crépuscule s'attristait,
pareil au doute.

« Nos pauvres âmes... » soupira Ione.

Un cri m'échappa.

« Ione... Ione...

— Viens, » commanda mon amie. « Nous
nous reposerons dans la chapelle, puisque
c'est l'heure des prières silencieuses. »

Elle se hâta, ainsi qu'une malade se hâte
vers une fontaine de miraculeuses guérisons.
Je la suivis jusqu'au seuil de la chapelle dont la
porte était entre-bâillée.

Au fond de l'ombre, s'élevait une Vierge aux
mains jointes. Sa couronne d'étoiles jetait des
lueurs et ses pieds se posaient sur la lune soumise.

« Viens, » dit encore Ione.

J'hésitai sur le seuil du sanctuaire... Et
l'image de ~~Vally~~ s'interposa... Elle brillait de
toute sa blancheur perverse. Sa morbide chevelure se répandait, clair de lune dans le crépuscule. Ses yeux m'attiraient, m'appelaient,
d'un bleu aprilin, d'un bleu décevant et suave.
Elle murmurait, très bas :

« Peut-être t'aimerai-je, plus tard... »

... Et c'était ~~Vally~~ qui régnait au-dessus de
l'autel. Sur ses cheveux dénoués, luisait une
couronne d'étoiles... Ses pieds nus foulaient la
lune soumise...

Aux côtés d'Ione, j'entrai dans le sanctuaire.
Les lys jetaient vers ~~Vally~~ leurs parfums sacrés
et les cierges lui dédiaient leurs flammes.

Je m'agenouillai devant l'autel de ~~Vally~~, et
j'offris à ~~Vally~~ la plus fervente, la plus éperdue
des oraisons...

VIII

Comme toute âme nostalgique, Vally recher-
chait avec complaisance le prestige des vêtements étranges, qui travestit les esprits en
même temps que les corps et ressuscite, pour
une heure, la grâce d'une époque évanouie.

Parfois, elle revêtait un costume de page
vénitien, un costume de velours aux verts de
lune qui s'harmonisaient avec sa chevelure.
Ses doigts erraient sur un luth. Elle avait la

gracilité fébrile d'un enfant amoureux, et ses
gestes prenaient quelque chose de volontaire
et de suppliant à la fois.

« Je suis un page épris de la Dogaresse, »
disait Nally. « Elle est si hautainement belle,
dans sa gondole dont la proue est incrustée
d'or et d'émeraudes !... Je porte sa traîne, et de
temps en temps, elle laisse tomber sur moi un
regard distrait. Et je mourrais, si elle négligeait
de jeter sur moi cet insouciant regard... »

Parfois, elle se transformait en un petit pâtre
grec. Une invisible musique de syrinx s'élevait
alors sous ses pas, et ses yeux riaient aux nu-
dités des faunesses. Parfois aussi, elle était la
longue et triste châtelaine, dont la robe gardait inflexiblement des plis très chastes. Elle
s'asseyait, en une pose d'accablement, sur une
cathèdre aussi droite qu'une stalle d'église, et,
comme si elle eût parlé à sa solitude, elle murmurait très bas des paroles languissantes.

« Je m'ennuie... Je m'ennuie tant, que je me surprends quelquefois à regretter l'absence de mon époux. Pleurerais-je, s'il tombait là-bas, en Terre-Sainte? Je ne le crois point. Mais ici, je m'ennuie à en mourir. Je suis lasse de contempler tour à tour le vol des nuages et les enluminures de mon missel. Je suis lasse d'imaginer des péchés innombrables, afin de les confesser au bon moine dont l'embarras naïf me réjouit. Mon page est un enfant nigaud, aux joues luisantes et rouges. Je pourrais réciter d'un bout à l'autre les histoires, trop souvent entendues, que m'égrènent mes quatre suivantes... Celles-ci, d'ailleurs, sont bien sottement ingénues. En vérité, je m'ennuie mortellement... »

Vally était, tour à tour, une princesse byzantine, un jeune seigneur anglais dont François Ier aurait remarqué le port élancé et les beaux habits au camp du Drap d'Or, une infante maladive et cruelle, un ménestrel errant, sans autre ri-

chesse que sa harpe. Parfois, elle était une dan-
seuse égyptienne, et parfois elle était une fée,
vêtue de pétales d'iris et gemmée de rosée étin-
celante.

Elle était autre, en gardant son charme indéfinissable.

« Je m'efforce de me fuir moi-même, »
disait-elle, en ajustant ces parures d'un autre
âge et d'une terre lointaine. « C'est ainsi que
je me console misérablement de n'avoir pu
m'oublier toute, me transformer par la magie
d'un véritable amour... »

Fiévreusement, elle choisissait et rejetait les
étoffes et les joyaux.

« Je suis toujours pareille à moi-même, »
soupirait-elle. Et ce long soupir était tragique
à l'égal d'une lamentation.

Vally avait le culte instinctif de l'artificiel.
Elle se plaisait à farder sa pâleur de rose blanche.
La fausse rougeur de ses joues contrastait alors

d'une façon déconcertante avec la lumière atté-
nuée de ses cheveux.

« S'éloigner le plus possible de la nature, là
est la fin ~~véritable~~ de l'art, » disait-elle. « Celui
qui, en art, s'~~attache à~~ imiter la nature, n'est
qu'un vulgaire copiste. Celui qui crée est, seul,
l'artiste ~~véri~~table... Je n'aime, en peintures,
que les paysages psychiques, les fleurs de rêve
et les visages qu'on ne contemplera jamais. »

Comme l'Aphrodita, ~~Vally~~ possédait mille
âmes et mille apparences. Et je l'aimais à travers toutes ses métamorphoses.

Celles qui la chérissaient souffraient de la
voir distraite jusque dans leurs bras et toujours
inassouvie. Quelques-unes pleuraient, d'autres
la chargeaient de reproches. Quelques autres
demeuraient rivées à elle par leur souffrance
même. D'autres encore avaient compris que le
cœur de ~~Vally~~ était pesant d'un mélancolique,
d'un intolérable besoin d'aimer.

5

Elle eût donné sa jeunesse, sa beauté et sa
complexe intelligence pour éprouver les naïve-
tés sanglotantes d'une passion sincère, pour
aimer comme les plus simples femmes. Et cette
soif inapaisée la rendait, par intervalles, impatiente et farouche. Elle gardait, on eût dit, une
rancune à ses amantes et à moi de l'amour que
nous ne pouvions pas lui faire connaître.

IX

Autour de ~~Vally~~ se pressaient de jeunes filles et de jeunes femmes, quêtant ses fuyants sourires et ses caresses.

« Je les veux, » sanglotait-elle à travers ses dents serrées. « Je les désire implacablement. »

Et ses yeux étaient alors aigus, ainsi qu'une lame d'acier bleui.

« J'aime ce qu'elles ont de fugitif, d'insaisissable, tout ce que je ne posséderai jamais d'elles.

Et cette volupté incomplète que je bois à leur bouche est plus précieuse que le bonheur, le prosaïque, le matériel bonheur... »

Elle ajoutait, plus bas :

« Et pourtant... Et pourtant... Ah! si je savais aimer! »

... Elle n'aimait point ces passantes qui la dérobaient à moi. Cependant, je les enviais, car elles avaient eu d'elle, ne fût-ce qu'un instant, un baiser d'amour.

X

« Donc, vous vous mariez! »

La voix de ~~Vally~~ s'était faite mordante et *Vorè*
sombre.

Celle qui l'écoutait frissonna légèrement.
C'était une enfant au profil et au gazouillis d'oi-
seau, et qui donnait une impression de faiblesse
aérienne.

~~Vally~~ reprit avec intensité : *Vorè*

« Vous, immoler à votre tour vos limpides
vingt ans! »

5.

Elle se tut, comme pour mieux se recueillir dans son amertume et dans sa colère.

« Vous irez consacrer votre amour devant l'église, dont vous accepterez les formules toutes faites et les serments obligatoires. Et ainsi vous imposerez par avance l'esclavage à vos futurs enfants. Vous ne comprenez point ce qu'il y a d'humiliant et d'immoral dans l'union légitime. Et surtout, et surtout, vous acceptez aujourd'hui, vous subirez demain le désir/avilissant du mâle. »

L'enfant rougit jusqu'aux racines de ses cheveux, aux châtains striés d'or.

« Vous serez l'épouse et la mère, — plus tard, sans doute, la bourgeoise! » poursuivit l'âpre Vally.

Elle s'était dressée ainsi qu'une vengeresse.

« Et vous donnerez à l'avenir un nouveau gémissement, une nouvelle souffrance. N'avez-vous donc jamais entendu la plainte de toute la

race humaine? N'avez-vous donc jamais songé
à l'horreur de vivre et à l'horreur de mourir? Ces
deux tortures, vous les infligerez, sans crainte et
sans remords, à votre postérité impuissante. »

Une religieuse terreur glaça le courroux de
Vally. Elle parlait avec une appréhension profonde.

« Vous allez animer du néant. Vous ferez
vivre le non-être... Et quelle destinée réservez-
vous à ces créatures de demain?... L'angoisse,
la maladie, la vieillesse et la mort. N'avez-vous
point réfléchi qu'un jour vos filles et vos fils
vous maudiront de les avoir créés, de les avoir
jetés en pâture à la douleur fatale? »

Le regard de l'enfant erra. Elle répondit,
hésitante :

« Tout le monde n'est point misérable et
triste. »

Mais Vally, rapprochée d'elle, lui saisit les
poignets, comme pour lui imposer sa fervente

conviction. Son haleine brûlait le front de la jeune fille. Toutes ses forces étaient concentrées dans la volonté unique de dominer cette âme.

« Les heureux? Où sont-ils? Et, s'il y en avait sur la face du globe, de quel monstrueux égoïsme serait fait leur bonheur? »

Des larmes montèrent aux prunelles de l'adolescente. Nelly la retint encore.

« Vous m'avez mal comprise. Vous m'avez mal connue. Je vous offrais tout ensemble la passion et la tendresse. Avant tout, je vous apportais la beauté. Je vous aurais peut-être fait souffrir, mais vous auriez pleuré de si belles larmes! »

Elle reprit :

« Je vous apportais, moi, le songe, dans mes mains creusées à la façon des coupes. L'homme que vous épouserez ne peut vous offrir que des réalités... Et quelles hideuses, quelles sordides réalités! Mais vous préférez la réalité au songe... »

Vally abandonna les frêles poignets que meurtrissaient ses doigts fébriles.

« Allez vers votre destin. Vous avez voulu la médiocrité et la laideur. Vous avez appelé le mariage et la maternité. Soit/ Ne vous retournez point, ne regardez pas en arrière : vous me verriez pleurer. Et je ne permets point que l'on surprenne mes larmes. »

La voix impérieuse s'était brisée.

« Plus tard, ah! plus tard, je me souviendrai de vous avec une lamentable douceur. Je vous ensevelirai, telle une morte, au plus profond de ma mémoire, et je jetterai sur votre souvenir les fleurs de ma folie. Le temps changera en regret ce qu'il reste en moi d'amour pour vous... »

L'enfant baissa la tête.

« Prometteuse d'azur... » murmura Vally.
« Prometteuse d'azur, comme vous m'avez inconsciemment trompée! »

Elle soupira :

« Encore une passante en qui j'ai cru reconnaître celle que je cherche! Une rancœur ajoutée à tant d'autres, une désillusion de plus! Et l'effroi de voir, se traînant à leur suite, l'indifférence et l'inévitable ennui! Mon cœur se desséchera-t-il un jour de lassitude et de dégoût? »

Puis, se reprenant :

« Je vous évoquerai si cruellement, lorsque viendra la lourde saison des récoltes et des vendanges! Que je la hais, cette heure où tout amour porte son fruit! Les feuillages n'ont plus de fraîcheur, ni les fleurs de virginité. La terre est assagie, et la fécondité l'emporte sur l'amour. Rien n'est plus vibrant ni chaste : l'univers est repu de baisers et de grappes. Alors... alors je chercherai vainement en moi l'image de votre printemps sacrifié. »

D'un geste souverain, elle attira la jeune fille et lui donna le baiser d'adieu.

« J'aurais pu vous aimer... » chuchota Vally.

Elle ferma les yeux et dit à l'enfant frémissante :

« Bientôt, lasse de contenir ma peine, je
pleurerai... je pleurerai à travers mes paupières
mal closes... Ah ! le mal que me font mes yeux !
Ah ! le mal qui me reste de t'avoir contemplée,
de t'avoir vue si dissemblable de toi-même,
d'avoir senti... Aveugle-moi, tue mes yeux...
A travers mes yeux, ainsi qu'à travers deux
blessures, je te sens... et je souffre.

Mais une énergie la remit debout.

« Malgré toute ta froideur, je te brûlerai. Un
jour, tu comprendras mon regard, et tu sauras... Tu auras peur... Et tu te donneras à moi
comme à tes rêves... O bien-aimée, je te serai
douce et je te serai semblable, tienne d'un même
désir, d'une même pensée, tienne au delà de
tous les mots qui séparent... »

Le découragement la prit, et elle murmura :

« La lassitude d'aimer, c'est la mort... Et

cette mort me gagne peu à peu. Demain, —
qui sait? — je parlerai d'amour sans frissons et
sans souvenirs. Je serai semblable à une vieille
encore jeune qui aurait oublié, à force de ne
plus la vivre, — ou de la vivre autrement, —
sa jeunesse. Je serai lasse d'aimer, je serai
morte... »

La petite vierge noua ses bras fragiles autour
du cou de Nally, et promit, dans un souffle :

« Je romprai mes fiançailles... Je ne l'aime
point, cet homme rude... Je n'aime que toi... »

Avec violence, Nally l'attira vers elle. Sa
voix chantait victorieusement :

« Une joie élémentale et pareille aux marées
m'entraîne vers toi, m'emporte vers notre bonheur... Ah! je sens que j'aime enfin! que je
t'aime... oui, que je t'aime... »

XI

La petite vierge rompit ses fiançailles, comme elle l'avait promis à la bien-aimée. Mais, quelques semaines plus tard, Vally se lassa d'elle. Et l'enfant pleura ses deux bonheurs détruits.

UNE FEMME M'APPARUT...

XII

Entre ses joyaux, Vally préférait un collier
de pierres de lune telles des larmes.

« Je suis parée des larmes de la lune, » sou-
riait-elle.

Un soir, je la trouvai bizarrement joyeuse.
Ses cheveux étaient dénoués et semés de fleurs
de tabac. Sur sa robe de velours gris, clair de
lune opaque, brillait froidement son collier de
larmes.

Elle rit, en me voyant, d'un rire musical et fêlé.

« Je ne te reconnais pas, » dis-je. « Tu es belle, d'une manière différente.

— Je suis autre, en effet, » me jeta Vally. « Tu ne connais point encore mon âme nocturne. Je ne sais point être moi-même, tant que dure le jour. Mais, la nuit, ma personnalité s'exaspère et s'affine. Je suis moi, pleinement, dans ma sagesse et dans ma folie. Je te l'ai dit autrefois : ce qui, pendant le jour, semble déraisonnable, devient logique à l'approche des ténèbres. La nuit, tout est extraordinaire, et le plus médiocre des humains peut vivre son heure d'irréel. Viens... »

Je ne l'avais jamais vue aussi désirable. L'éclairage flottant révélait toute sa grâce de songe, faite pour être contemplée à la lumière de la lune et des étoiles.

« La nuit est à nous, » dit Vally. « D'autres

ont le jour... Suis-moi. Tu verras les couleurs
de la nuit, tu entendras ses chants, tu respireras
ses odeurs. Allons vers la forêt où, parmi les
arbres, scintille, ainsi qu'un miroir tombé, le
lac où se mirait Undine. Tu verras comme il est
clair, parmi l'ombre. »

Elle médita.

« Ou plutôt, » reprit-elle, « enfonçons-nous
dans les marécages où errent les feux follets.

— Les marécages sont périlleux, » objec-
tai-je.

Mais Vally rit plus haut.

« Tant que durent les ténèbres, la folie est la
plus grande sagesse. »

Elle bondit en avant. Sa robe avait de mystérieux frissons d'ailes nocturnes. Je la suivis
vers les marais.

Des feux follets couraient dans la nuit.

« Comme ils sont beaux ! » s'extasia Vally.
« Comme ils sont étrangement beaux !

6.

— Ce sont des torches spectrales, » frisson-
nai-je.

« Non pas. Ce sont les flambeaux des festins
d'amour. »

Frémissante, Nelly s'élançait à leur pour-
suite.

« Nelly, » implorai-je, « ralentis ta course.
La route est incertaine, et les marais dorment,
perfides. »

Elle fuyait, sans m'entendre. Elle semblait
un rayon de lune égaré.

« Nelly... » suppliai-je inutilement.

Elle bondissait vers les feux follets presti-
gieux.

« Ah! les cueillir, les emporter dans mes
mains ! »

Nelly s'enfuit, telle une étoile filante au ras
du ciel. Bientôt, elle ne fut qu'un point argenté
parmi les marécages. Et moi, la sueur aux
tempes, l'angoisse au cœur, je haletais, je cou-

rais, sans pouvoir l'atteindre. Elle était insaisissable. J'épuisais mes forces, et ma volonté,
et mon courage à poursuivre vainement un feu
follet plus beau que les autres.

XIII

La volupté de ~~Vally~~ était infiniment pure,
son désir était infiniment chaste.

« Je ne sais point, » disait-elle, « tracer **des**
limites à mon corps ni à mon âme, mon **corps**
ayant une âme, et mon âme un corps. »

[~~Vally~~ s'avouait d'une étrange franchise. Elle
accusait son individualité, comme peu d'êtres
ont eu l'audace de le faire, ne connaissant
point les petits mensonges et s'affirmant, **en sa**

pleine personnalité, au-dessus des règles et des lois.

Elle semblait égarée parmi notre époque. C'était une exilée de Mytilène, portant des yeux pleins de souvenirs sur ce monde inconnu. Son âme païenne cherchait, en la regrettant, l'harmonieuse patrie. Elle était de tous les temps, hors l'heure présente.

Un jour qui précédait Noël, elle me demanda :

« Qu'est-ce que cette fête de Noël? Commémore-t-elle la naissance ou la mort du Christ? Je ne me le rappelle plus. »

Peut-être ne l'avait-elle jamais appris...

XIV

Le vent d'est soufflait sur l'espace dénudé. Au tournant du chemin, je rencontrai la plus belle des amies de Vally.

Doriane était brune comme Psappha elle-même. Ses yeux noirs avaient la couleur des ténèbres orientales, et sa gracilité recélait une force et une véhémence singulières. Elle était, d'habitude, repliée à la manière des fauves au repos.

Le sourire de Vally l'avait réveillée de sa royale indifférence. Et Vally l'avait aimée quelque temps pour les magnificences de sa passion, qui s'exprimait en paroles et en lettres incomparables.

Mais, peu à peu, Vally s'était détachée d'elle. Car, si éloquente que fût sa tendresse, elle n'était point l'Impossible.

Doriane s'était acharnée à la conquête de cette âme. Elle s'agrippait, en un désespoir tenace, à l'amour qui se dérobait.

J'eus un moment de stupeur en l'apercevant. Son regard fixe ne contenait plus qu'une pensée unique. On sentait que tout son être se tendait dans la continuité de l'effort.

Elle alla droit au but.

« Vous aimez Vally, » me dit-elle. « Je sens que vous me comprendrez... Vally ne m'aime pas. »

Je n'osai l'abuser par des affirmations men-

songères. On doit la sincérité aux grandes douleurs.

Doriane lisait mes pensées, car elle ajouta :

« Je souffre : donc, j'ai droit à la vérité absolue. Elle seule peut me secourir. Il ne faut
point me la refuser.

— Je ne vous tromperai point, » promis-je.
« Je vous aiderais même, si je le pouvais… Je
souffre plus encore de voir Vally errer, le cœur
vide, que je ne souffrirais de la savoir irrémédiablement éloignée de moi par **un véritable**
amour. »

Doriane m'écoutait, très pâle.

« Je veux qu'elle m'aime, » siffla-t-elle **entre**
ses dents serrées.

Mon geste de découragement lui répondit.

« Rien ne comblera jamais son cœur.

— Mais l'amour peut tout, » interrompit
Doriane. « Il est tout ensemble la persuasion et
la contrainte. Il est irrésistible. »

Je souris avec tristesse.

« Je la forcerai à m'aimer, » continua Doriane. « Je surprendrai, je violenterai son âme. Je lui imposerai mes sanglots et mes songes. Elle ne m'échappera point. Je me transformerai pour lui plaire : je deviendrai tout ce qui la séduit. Je serai patiente indiciblement. J'apprendrai toutes les ruses. Je devinerai ce que cachent ses regards ; je serai inlassable à l'épier, à la suivre. Elle m'aimera, malgré elle, parce que je l'aime.

— Puissiez-vous être aimée de Vally, Doriane ! Il y aura tant de joie dans ma douleur, lorsqu'elle me dira : « J'aime selon mon rêve... »

— Je ne vous comprends pas, » dit l'impétueuse Doriane. « Il fallait vous faire aimer, il fallait lutter avec plus d'énergie, comme je lutterai, moi, sans jamais m'avouer vaincue.

— Autrefois, j'espérais et je m'obstinais...

Peut-être saurez-vous aussi un jour le poignant
orgueil d'aimer sans qu'on vous aime. Il y a
une mélancolique fierté à se dire : Mon amour
est assez grand pour ne rien exiger, pour
ne rien vouloir. Il se nourrit de sa propre
substance et porte en lui-même sa ténébreuse
joie. »

Doriane secoua sa belle tête véhémente. Elle
répéta :

« Elle m'aimera, puisque je l'aime d'un
amour si volontaire! »

Et je lui dis :

« Puissiez-vous ne point échouer, Doriane!

— Je vais la rejoindre, » me jeta-t-elle.

Elle s'éloigna.

Je restai à cette même place. Et, soudain,
j'entendis un bruit de branches écartées. Nelly
riait devant moi.

« Tu as l'air ébahi. Rien n'est aussi niais
que l'étonnement... Il ne faut jamais te sur-

prendre de ce que je fais. Avec moi, toutes choses sont possibles, la fantaisie étant ma règle, et le bizarre et l'imprévu m'étant seuls naturels.

— Tu as donc entendu ce que nous nous disions, Doriane et moi?

— Assez pour m'assurer que votre conversation ne m'intéressait guère.

— Pourquoi ne l'aimes-tu point, Vally? Elle est passionnée et belle.

— Je l'aimerais peut-être, si elle ne m'aimait point. Après tout, que sais-je? Peut-être l'aimerai-je plus tard... Mais, aujourd'hui, je suis d'humeur à n'aimer personne. Je me sens libre comme le vent. Ah! que le vent d'être fort et d'être immense! »

Nous étions debout, au tournant de quatre chemins, qui tous aboutissaient à une plaine sauvage. L'herbe en avait été roussie par les feux d'été que sèment les bohémiens. Et le

vent courait, sans entraves, sur le sol dénudé.

La face levée vers le ciel, les cheveux dénoués, Vally cria soudain :

« Vois la fuite des nuages éperdus ! »

Tout le ciel n'était plus qu'une folle course
désordonnée.

« Ne vois-tu point le vent lui-même courant
sous les nuages ? » haleta Vally. « Il n'a point
d'ailes, qu'en ferait-il ? Il lasserait toutes les
ailes. Il a une longue chevelure flottante, **une
chevelure de femme**, et une robe de femme aux
plis tumultueux... La belle chose que de voir
courir le vent ! »

Elle se laissa choir sur l'herbe grise.

« Aujourd'hui je sens, plus que je ne l'ai jamais sentie, l'éternelle mobilité, » s'exalta-
t-elle. « Comment oses-tu me parler d'amour
devant cette grande hâte des choses vers l'inconnu ? »

Et, se relevant d'un bond :

7.

« Je vais m'efforcer de courir aussi vite que le vent lui-même. »

Vally fuyait, à l'égal du vent, des nuages et de la terre, et je fuyais aussi. L'univers nous entraînait dans sa course vertigineuse. Et il ne restait plus rien de fixe ni de durable. Il n'y avait plus que notre grande hâte vers l'inconnu...

XV

J'allais parfois rendre visite à la silencieuse
Ione. Je la trouvais toujours vêtue d'une ample
robe au rouge sombre, qui, je ne sais pourquoi, m'évoquait les soirs de Florence. Ione
se plaisait à porter une ceinture de rubis et un
pendentif au dessin hiératique, composé d'un
rubis pâle encadré d'or vert et terminé par une
perle baroque.

Je passais auprès d'Ione des heures taci-

turnes. Je n'osais lui parler de Nelly... Je n'ap-
préhendais point la censure de cette âme dont
la pureté s'ennoblissait d'une très large com-
préhension, mais je sentais que sa tendresse
s'alarmait de mes supplices, devinés malgré
mes réticences. Elle savait, comme moi et mieux
que moi, combien resterait stérile mon impossible effort pour conquérir le cœur indifférent
de Nelly, qui ne m'aimait point et qui ne m'aimerait jamais. Elle n'ignorait point que je m'é-
puisais en d'inutiles souffrances et cette pensée
assombrissait encore la tristesse de ses yeux ar-
demment bruns ainsi qu'une nuit d'automne.

La contrainte qui pesait sur nos paroles dé-
termina entre nous un éloignement d'âme.
Nous redoutions nos regards comme on re-
doute un aveu, et nous craignions nos silences
comme des trahisons. Nous avions peur de la
vérité, nous avions peur surtout de notre ancienne franchise.

J'allai moins fréquemment voir mon amie, puis mes visites cessèrent presque. Ione ne m'en fit aucun reproche. Plus lointaine qu'une étrangère distraite, elle paraissait insensible à tout ce qui n'était point son effroi mystique devant l'incompréhensible. Et, pourtant, elle avait été la sœur très blanche à qui j'avais confié jadis tous mes rêves,

XVI

La glèbe se ranimait sous les baisers de
l'hiver, ~~qui~~ riait, tel un géant heureux, réjoui
des neiges, des vents et des gelées magnanimes.
L'ivresse des premiers froids emplissait l'atmosphère de vigueur et de contentement...

~~Vally~~ s'exaltait aux frissons aigus de l'air.
Ses yeux miroitaient, plus bleus, et ses cheveux
s'éclairaient d'un or plus vivant. Sa pâleur était
traversée de frémissements roses. Elle parais-

sait une fleur de glace et de givre. Et je m'é-
blouissais de sa beauté hivernale.

... Par un soir raboteux de verglas, je vins
à passer devant la maison d'Ione, une maison
fermée aux bruits du dehors, autant qu'un lo-
gis de solitaire.

Et le désir de revoir la douce amie de mon
passé sans amour m'étreignit. Non sans quelque
hésitation, — car le silence de toute la demeure
me déconcertait un peu, — je sonnai à la grille
dédorée et franchis le seuil d'Ione.

Je la trouvai, comme toujours, effroyable-
ment méditative. Son front démesuré mettait
une grande lueur blanche dans la chambre crépusculaire.

Longtemps, elle me fixa de ses yeux inou-
bliablement tristes et tendres. Je m'efforçai de
déchiffrer son regard, mais ma raison s'y per-
dait, ainsi qu'en un abîme.

« Je t'en prie, » murmurait sa voix très

basse, « comprends-moi. Devine ce que je ne
puis encore te dire. Devine-moi et comprends-
moi... »

Déjà mon geste impuissant lui répondait :

« Je ne puis deviner, Ione. Je ne puis comprendre. Aide-moi. »

Elle secoua lentement la tête, d'un air de regret inexprimable.

« Parlons d'autre chose... »

Elle reprit :

« Tu aimes... Tu n'es plus l'être d'autrefois...
Tu as renoncé à tout ce qui faisait hier ta joie
et ton orgueil... Tu aimes Nelly... Tes yeux
sont deux lacs morts et ne revivent que lorsqu'ils rencontrent ses yeux... Lorsqu'elle est
loin, tu la contemples et tu l'écoutes encore...
Tu n'es plus qu'une ombre errante, tu n'es plus
que le reflet et l'écho de Nelly. »

Une brève stupeur me figea. Pour la première fois, Ione me parlait de mon amour...

8

« Tu n'as point trouvé le bonheur... »

J'essayai de sourire.

« Non, certes ! J'ai l'âme si divinement mal-
heureuse que, pour rien au monde, je ne voudrais me consoler. »

Ione soupira longuement.

« Et, pourtant, j'ai une prière à t'adresser...
Je me sens un peu malade et surtout très lasse...
J'irai bientôt me reposer dans le bienfaisant
Midi. Là-bas, il y a des sapins fleuris de roses,
des glycines qui retombent jusqu'à terre, des
oliviers de la couleur d'une vague au crépuscule... Dans les montagnes, l'herbe est bleue
de violettes. Des lits d'algues empourprent la
mer. Le soleil y est si puissant, qu'il dissipe
tous les maux. Viens là-bas... Je te guérirai,
je serai, comme autrefois, ta consolatrice. Viens
là-bas... »

Je crus que toutes les étoiles s'éteignaient à
la fois dans une nuit misérable. Quitter Nelly,

ne fût-ce que pour quelques heures ! Je souriais
presque à la folie de cette pensée. La trop
suave image se dressait au fond du soir. Je re-
voyais, en un décor de souvenir, les cruels cheveux blonds et les cruels yeux bleus qui me ren-
daient si faible et si lâche...

Je voulus refuser affectueusement l'offre ami-
cale, mais je vis dans les prunelles d'Ione une
supplication... Et je n'osai formuler la phrase
définitive.

« Plus tard, » répondis-je, « je viendrai plus
tard, Ione... »

Je n'osai regarder mon amie. Il se fit entre
nous deux un silence qui semblait s'étendre
jusqu'à l'éternité.

« Tu me promets de venir ? » dit enfin la pâle
Ione. « Tu me promets de venir plus tard ? »

Je mentis résolument.

« Je te le promets, chère.

— Pèse bien tes paroles. Il y a parfois une

ironique divinité qui oblige à l'accomplissement des promesses faites sans intention de les tenir. »

Cette phrase légère tombait dans l'ombre encore lumineuse, pareille à une prophétie.

Je pris les mains froides d'Ione. La désolation qui s'appesantissait sur elle me courbait à mon tour. Nous restâmes côte à côte, et une mélancolique torpeur nous enveloppait.

Nous étions tristes comme le crépuscule, et, comme lui, nous redoutions les ténèbres proches. Jamais je n'ai connu d'heure plus poignante que cette heure accablée et fraternelle.

XVII

C'était par un solennel clair de lune. Il y
avait, dans l'air, une attente et une vénération.
Le silence était semblable à un voile auguste
que nul n'aurait osé soulever.

L'atelier de ~~Vally~~ly s'ouvrait, vaste comme un
temple. Lorsque j'entrai, une fumée de parfums
~~se~~ dissipait avec lenteur.

~~Vally~~ly se repliait en une immobilité intense.
Elle s'anima enfin.

8.

« Voici le clair de lune que j'attendais pour me révéler à toi, » dit-elle. « Il fallait de la prière et de l'extase autour de nous. »

Ses paroles sonnaient ainsi qu'une musique sacrée.

« Tu n'as saisi de moi que des apparences confuses, » continua-t-elle. « Cette nuit, tu me verras pour la première fois. »

Elle écarta les rideaux, et la clarté nocturne pénétra dans l'atelier. Il n'y avait point d'autre lumière.

Des lys très longs s'érigeaient, jaillissant de leurs vases d'argent, tels les cierges de leurs flambeaux. Vally fit brûler de nouveaux parfums dans les cassolettes.

Elle s'avança, au milieu de l'espace lumineux encadré d'ombre. D'un geste rituel, elle laissa tomber ses voiles...

Et mes prunelles s'émerveillèrent de toute sa splendeur.

Ce fut un rayonnement de chair immaculée.
Jamais je ne vis forme féminine plus parfai-
tement liliale. Le clair de lune épousait avec
amour cette pâleur tiède.

Je m'agenouillai... Une passion très pure
m'illuminait sereinement. La beauté de Vally
était absolue : elle transfigurait le désir et l'exaltait jusqu'à l'adoration mystique.

Autour de nous, le silence se recueillait. Les
lys jetaient vers Vally leurs parfums véhé-
ments. Nous étions, elle et moi, debout sur
le seuil de l'infini. Elle était la prêtresse qui,
peu à peu, se substitue à l'idole indifférente,
la prêtresse divinisée. Et moi, disciple fidèle,
j'étais l'âme choisie entre toutes pour l'a-
dorer éternellement. Une lumière nous isolait de l'univers. Les siècles passeraient sans
me distraire de ma contemplation, sans me
ravir ma félicité : les siècles légers passeraient sur mon front oublieux. Et, prêtresse

et disciple, nous garderions, elle et moi, nos
attitudes immuables et notre âme fixe et religieuse,

XVIII

« ... Et pourtant, je saurais si largement aimer!... »

La voix de Vally traînait un regret incommensurable.

« J'aimerais avec foi et avec simplicité. Je m'anéantirais tout entière dans cet amour. Je ne serais plus artificielle ni bizarre ; je serais pareille à toutes les femmes, aux femmes les plus humbles et les plus lamentables, moi qui

suis hautaine et joyeuse, et qui me joue de l'amour des autres. Je ne connaîtrais plus l'ennui de ne point souffrir. J'hésiterais, je craindrais tout, moi qui ne connais ni le doute ni l'effroi ; je serais faible, moi qui ai toujours ployé la volonté des autres sous mon plus léger caprice. Et je serais reconnaissante d'une inoubliable gratitude à celle qui me ferait aimer ! »

Sa détresse m'e~~ntraîn~~ait, me noyait dans un flot d'amertume.

« Mais je crains de n'aimer jamais, » reprit-elle. « Les êtres m'irritent et me déçoivent tout ensemble. Ils ne me laissent point l'illusion nécessaire à l'amour. »

Elle se prit à sangloter très bas, comme celles qui n'espèrent plus.

« Je n'aimerai jamais, » pleura-t-elle. Et, me regardant à travers ses larmes :

« Que je t'envie, toi qui souffres par l'amour !... »

La clarté baissait. Les larmes de Vally brillaient dans le crépuscule.

« Vally, » implorai-je en m'agenouillant auprès d'elle, « laisse-moi m'efforcer de te consoler. »

Très douce, elle me repoussa.

« Non. Il faut me laisser seule, vois-tu. J'ai besoin de silence pour apprendre à me résigner. »

J'obéis, et, le cœur très lourd, je la quittai. Je pris le sentier morne qui mène à un ancien calvaire.

Des mains stupidement brutales avaient arraché le Christ de sa croix et l'avaient brisé. Il ne restait plus que la croix éternelle, au pied de laquelle s'était effritée une marche rongée par les pluies.

Doriane, prosternée à l'ombre de cette croix, et les cheveux répandus, semblait une statue d'amoureuse trépassée.

La désolation de son attitude était si poignante que je n'osai tout d'abord m'approcher d'elle. Enfin, je m'enhardis et murmurai :

« Doriane... »

Elle ne m'entendit point. Et je dus répéter, plus haut :

« Doriane... »

Elle écarta la funèbre chevelure qui ruisselait le long de ses joues blêmes, et prononça, du ton de celles qui ont vu mourir un être cher :

« Je n'espère plus.

— Avez-vous donc perdu pour toujours votre force et votre volonté, Doriane? » questionnai-je, la voix tremblante.

« J'ai tout perdu. Jamais Nally ne m'aimera. »

Je m'attardai encore auprès de cette souffrance.

« Qu'allez-vous faire, amie? »

Elle me répondit, sous la funèbre chevelure :

« Je partirai.

— O Doriane qui m'êtes devenue si cruellement chère! où donc irez-vous?

— J'irai vers les espaces. Je chercherai des
sites où il n'y aura ni fleurs, ni verdures, ni
bruits d'eau, ni voix de femmes... La mer
m'emportera loin de ce que je regrette, tout en
le fuyant. Elle me bercera de ses vagues,
m'apaisera de ses calmes stellaires. Peut-être
irai-je vers le désert parsemé de mirages et
d'oasis. Peut-être encore irai-je vers les plaines
aux neiges infinies.

— Ne reviendrez-vous jamais parmi nous,
Doriane?

— Je reviendrai, lorsque j'aurai oublié. »

Elle se tut, et reprit, sur un mode mineur :

« Vous aimez Vally. Vous savez, comme moi,
que les chagrins infligés par elle sont inguéris-
sables.

— Je le sais, Doriane.

— Adieu, » dit-elle.

Ce fut un sanglot étouffé sous la funèbre chevelure. Épuisée, Doriane avait heurté de son front la marche de pierre. Et la croix sans Christ, la croix qui attendait de nouveaux martyres, se dressait dans la nuit.

XIX

J'écoutais les propos que de jeunes filles échangeaient dans l'atelier de Vally.

« S'il est vrai, » disait l'une d'elles, « que l'âme revêt plusieurs apparences humaines, je naquis autrefois à Lesbos. Je n'étais qu'une enfant chétive et sans grâce, lorsqu'une compagne plus âgée m'emmena dans le temple où Psappha invoquait la déesse... J'entendis l'ode à l'Aphrodita... Jamais le mélodieux souvenir

ne s'éteignit à travers les années ni même à
travers les siècles. Pourtant, je n'étais qu'une
enfant taciturne, et Psappha ne m'aima point.
Moi, je l'aimai, et lorsque je possédai plus
tard des corps féminins, mes sanglots de désir
allaient vers elle. J'étais en Sicile quand j'appris
sa mort ; mais cette mort était si glorieuse que
je ne pleurai point et que les sanglots de mes
compagnes me surprirent et m'offensèrent. Je
leur rappelai ses paroles magnanimes :

« ... Car il n'est pas juste que la lamentation
« soit dans la maison des serviteurs des Muses :
« cela est indigne de nous. »

— Moi, » rêva la souriante Vally, « j'étais un
petit berger arabe. Je dormais tout le jour et ne
me réveillais qu'à l'approche de la nuit verte ou
violette. Vers le soir, en suivant mon troupeau,
je revenais de la montagne, et je marchais au
milieu d'une grande poussière rouge. Là-bas,
j'avais vu, le premier, la lune qui se levait. Je

courais jusqu'au village le plus proche, en pro-
clamant le lever de la lune. Et tous ceux à qui
j'annonçais la grande nouvelle regardaient le
ciel et se réjouissaient de voir à l'horizon la
lueur d'ambre qui précède la lune. »

Une jeune fille au désirable sourire d'a-
moureuse entra et s'assit aux pieds de ~~Vally~~.
De ses regards levés, de ses lèvres entr'ouvertes, de tout son être offert et suppliant, elle
l'adorait.

« Qui est cette jeune fille? » demandai-je ~~une assistante~~

« Je ne sais rien de Nedda, sinon qu'elle est
très éprise de ~~Vally~~

— Nedda! » musai-je. « Le beau nom en-
fantin et barbare! »

Je m'approchai de ~~Vally~~ et de Nedda, sans
qu'elles se fussent aperçues de ma présence.

Nedda murmurait à ~~Vally~~ :

« Je ne me guérirai jamais de toi. »

Et Vally, d'une voix plus mystérieuse que la
voix des brises, lui susurrait :

« Je t'aime... »

Elle avait oublié la grande soif de son âme.
Elle semblait enfin conquise, ravie et souriait à
cette tendresse irréfléchie qui se livrait à elle.

« Je t'aime, » murmura-t-elle une seconde
fois.

Ces paroles me furent plus suaves que la
mort et plus cruelles que la vie elle-même. Je
m'abandonnai à ma joie misérable. Vally ne
m'aimait point. Mais elle aimait cette enfant.

Et quelque chose au fond de moi criait, en
une allégresse déchirante :

« Vally a découvert l'amour qu'elle cherchait
sans espoir. »

Nedda souriait à Vally. Et Vally souriait à
Nedda.

Je me détournai d'elles, car, malgré tout, la
vue de leur doux bonheur me suppliciait,

Et *l'écoutai* la récitante qui lisait dans l'ombre :

Le Charmeur de Serpents, à qui les serpents avaient appris leur ténébreuse sagesse, parla ainsi :

« *Le bonheur est vaste et hautain comme le désespoir. Il faut que ton bonheur épouvante, comme le désespoir.*

« *Le seul bonheur véritable est celui de l'ermite.*

« *Il faut que le bonheur, comme le désespoir, soit indifférent à tous les êtres, et à leurs paroles, et à leurs pensées.*

« *Je n'ai qu'un exemple à te proposer : celui de la femme au manteau d'hermine. Lorsque son manteau d'hermine se détacha et tomba dans la boue, des passants le ramassèrent et le lui tendirent ; mais, d'un geste altier, elle se détourna et passa son chemin, les épaules nues sous le vent et la pluie.*

« *Garde-toi de la modération, ainsi que d'autres se gardent de l'excès. Car la prudence est l'adversaire dangereux de l'héroïsme et de la joie.*

« *Ne suis jamais un conseil, pas même l'un de ceux que je te donne. Tout être doit vivre sa vie personnelle et gagner chèrement l'expérience qui ne prouve rien.*

« *Parfois, ce qu'on s'imagine être le bonheur est gris autant que le crépuscule des sépulcres.*

« *Parfois aussi, j'estime que tout bonheur est lâche et mauvais.*

« *Mais ce qui est certain, c'est qu'il faut redouter le bonheur à l'égal d'un ami traître qui s'insinue dans la maison.*

« *Il est des bonheurs qu'on n'obtient qu'en échange de ce qui est le plus haut et le meilleur en soi. Et l'on est alors pareil à un mendiant qui aurait arraché, pour des vêtements soyeux et des festins délicats, ses deux prunelles sanglantes.*

« *En vérité, il n'y a qu'un seul bien : la solitude.*

« *Il y a peu de choses à dire sur l'amour. Nul ne le connaît encore, quoique tous croient l'avoir éprouvé.*

« *Ce que je te dirais sur l'amour t'inspirerait peut-être un vif intérêt : rien de ce qui concerne l'amour n'est indifférent. Ce que je te dirais sur l'amour t'intéresserait peut-être, mais, sans nul doute, ne t'apprendrait rien.*

« *On n'est jamais assuré de ne point aimer. L'on n'est jamais non plus assuré d'aimer un jour.*

« *Écoute respectueusement tous ceux qui te parleront de l'amour ou de leur amour. Car, en matière d'amour, les paroles d'un homme médiocre peuvent recéler une vérité précieuse, une poésie inestimable.*

« *La seule douleur sans étoiles est celle des êtres qui souffrent de ne point souffrir.*

« L'amitié est plus périlleuse que l'amour, car ses racines sont plus fortes et plus profondes que les racines de l'amour.

« La douleur d'amitié est plus amère que la douleur d'amour.

« Certains êtres aiment l'amitié, comme d'autres aiment l'amour. Ils souffrent par l'amitié, comme d'autres par l'amour. Ils n'ont, dans leur existence, qu'une seule amitié, comme d'autres n'ont qu'un seul amour. C'est à l'heure où l'amitié leur échappe qu'ils désespèrent finalement.

« Et c'est lorsqu'ils désespèrent finalement qu'ils rencontrent le bonheur.

« Car le bonheur est pareil à la magnificence des ruines...

« Crains le sommeil, puisqu'il apporte les songes lourds d'effroi, et qui font bénir le réveil, le gris réveil lui-même.

« Mais ne crains pas la mort.

« Car les morts, couchés sur un lit de violettes,

ne s'attristent plus des rêves que l'existence n'a
point réalisés, ni des parfums évanouis, ni des
musiques éteintes.

« Car les morts ont perdu le souvenir cruel de
l'amitié qui, jadis, trompa, et de l'amour qui,
jadis, trahit... »

Vally et Nedda n'écoutaient point la récitante. Toutes deux, s'étant glissées parmi le
cercle qui entourait la poétesse, demeuraient
pourtant isolées dans leur félicité attendrie. Je
compris qu'elles garderaient ainsi autour d'elles,
au milieu de la foule la plus bruyante, une
amoureuse solitude.

Les blonds cheveux de Vally, déroulés, se
mêlaient aux cheveux bruns de Nedda. Les
yeux bruns de Nedda s'abîmaient dans les yeux
bleus de Vally. Hors du monde, leurs âmes
s'épousaient.

... J'eus la vision d'un étang sur lequel som-

meillaient/ des nénuphars léthéens. Le soleil
disparaissait à l'horizon. Et l'éternité semblait
ensevelie au fond de cette eau morte.

Au-dessus de l'eau morte et des nénuphars,
tourbillonnaient deux éphémères dont les ailes
irisées scintillaient au soleil couchant. Jamais
aucune nacre, jamais nul arc-en-ciel n'éga-
lèrent le changeant éclat de ces ailes.

Je considérai les éphémères avec un émer-
veillement triste, sachant que leur fin d'amour
était proche. Mais, s'élevant plus haut encore,
elles resplendirent, incomparables.

Peu à peu, je les vis grandir étrangement.
Leur lumière s'augmenta. Et ces éphémères
étaient deux femmes qui s'étreignaient, éperdues. Elles s'élevaient au-dessus du silence et
du néant, et, avant de disparaître, elles unis-
saient leurs lèvres fébriles en un vain baiser
d'amour.

X X

Plus tard, Vally me dit, en parlant de Nedda :
Vous
« J'ai failli l'aimer. Et elle m'aime encore. »
Dans les yeux de ma ~~Loreley,~~ je lisais à la *décevante*
fois la compassion et l'envie. Elle continua :

« Je m'efforce de lui donner les croyances et
le bonheur qui m'échappent... Je ressemble
à ces comédiens qui, chaque soir, se fardent et
revêtent un manteau royal pour l'illusion et la
joie d'autrui. Le spectacle terminé, comme ils

10

de ma décevante Undine

s'en retournent tristement, pauvres jusqu'à l'âme, dans les rues glacées, et couverts de ces quelques haillons que la vie leur laisse ! »

Ce fut dans mon âme une marche funèbre coupée par le glas.

Elle avait oublié ma présence. Elle ajouta, se parlant à elle-même :

« Il faut envier les esclaves... Je suis libre, moi, libre, terriblement... »

XXI

De nouveau, j'entrai dans la maison d'Ione.

Je m'étonnai de voir mon amie revêtue d'une bure grise pareille à celle des moniales, et dont les plis tombaient autour d'elle avec une religieuse sévérité.

L'unique rubis ne saignait plus à son cou. La ceinture de rubis n'épousait plus la frêle tige de sa taille. L'ample robe de velours rouge ne l'entourait plus de ses ardents reflets qui

évoquaient, pour moi, les beaux soirs de Florence.

Il y avait, en Ione, une mystérieuse transformation. Pourtant, je ne la sentais point encore heureuse.

« Je viens de passer une semaine étrange et presque surnaturelle au fond d'un humble couvent de campagne, » me dit-elle. « J'y suis allée pour reposer un peu mon âme. Pendant toute cette semaine, je me suis baignée dans la simplicité divine. »

Elle s'arrêta, pour mieux se souvenir.

« Une très jeune sœur, en qui persistait la naïveté de la petite paysanne de jadis, venait s'entretenir avec moi dans l'exquise cellule froide et nue que j'habitais. Je n'ai jamais rien imaginé d'aussi purement admirable que cette jeune sœur. Elle avait une âme reconnaissante et comblée. Car, ne possédant rien sur la terre, elle avait reçu tous les trésors du ciel.

~~compris, en la voyant, que les richesses~~
~~dans la félicité hu-~~
~~maine.~~

Les yeux d'Ione brûlaient d'une flamme mystérieuse.

« Elle ne convoitait rien sur la terre. Elle ne
percevait même point la magnificence des
paysages et du soleil, elle qui demeurait dans
l'ombre de la chapelle ou de la cellule. Elle vi-
vait d'une vie étroite, d'une vie de geôle. Elle
ignorait la musique et les vers. Elle ignorait
tout de la beauté terrestre. Et elle était heureuse. Comprends-tu la signification profonde
de ces très simples mots : *elle était heureuse?*
Elle avait trouvé sans effort ce que nous pour-
suivons tous si âprement, et que nous recher-
chons avec tant de vaine ingéniosité. En vérité,
ce que nous rêvons à travers les plaisirs, le faste,
les voyages, cette petite sœur le gardait ingénument en son cloître obscur et pauvre. »

Des larmes coulèrent le long des joues pâles d'Ione.

« Elle croyait, elle. Ou plutôt elle savait… Savoir, n'est-ce point tout ignorer?

— Peut-être, » hésitai-je.

« Cette petite sœur paysanne était un vivant miracle. Elle était laide, avec un beau sourire… Elle avait toujours aux lèvres ces paroles : *Dieu est très bon.* »

Elle reprit :

« Et ce couvent m'est apparu tel un havre nocturne où se réfléchissent les calmes étoiles. Mon âme allait échouer dans cette paix définitive. J'allais ne plus penser : j'allais croire, comme cette petite sainte au visage plébéien, aux mains rudes. Et j'osais espérer que je serais heureuse, comme elle.

— Ione, tout…

— Ah ! les sœurs qui ne souhaitent rien sur la terre, et dont les joies et les richesses

ne sont point de ce monde ! Ah ! la chère petite
sainte campagnarde !

— Ione, » dis-je, « pourquoi n'es-tu point
restée dans ce couvent?

— Le doute m'a chassée, le terrible doute, le
doute qui me tue.

— Mais ne retourneras-tu pas un jour dans
ce havre, dans cet abri des âmes?

— Si la foi m'est enfin accordée, j'y retour-
nerai pour toujours.

— Tu as déjà pris la robe de bure... Ton pas
est le pas silencieux des moniales... »

Elle devina ma pensée et rougit un peu.

« J'ai donné ma ceinture de rubis à la Supé-
rieure, afin qu'elle la vendît pour les pauvres.
Mes parures ne me procuraient point la plus
légère joie. J'ai voulu en faire de la joie pour les
autres. »

Ione soupira.

« Si, un jour, je recevais ce bien inestimable,

la foi!... Je la cherche si éperdument que je dois la découvrir un jour.

— Ione, » dis-je, « il faut la désirer avec moins d'angoisse, afin de la recevoir de même que l'on reçoit l'hostie, en une paix profonde, les yeux clos et les mains croisées sur la poi-trine. »

Les lèvres d'Ione s'entr'ouvrirent, comme pour recevoir la blanche hostie.

« Pourrais-je, à l'exemple des sœurs can-dides, porter tout l'infini en moi? Si tu savais de quelle splendeur est faite leur âme!... La plu-part d'entre elles sont divinement puériles. Elles vivent hors du siècle, ainsi que des enfants dans un jardin de lys. Elles ont des sourires igno-rants et charmés. Et d'autres ont des regards qui ont sondé l'éternité et l'espace. Toutes sont également chères à la Madone pensive et au Christ douloureux. »

Ione s'arrêta... Et moi, je voyais par l'imagi-

nation, comme elle par le souvenir, la petite
sainte au visage plébéien et aux mains rudes, la
petite sainte paysanne...

XXII

Toute la lumière entrait dans la chambre, une lumière si intense que les prunelles en étaient éblouies.

Ione était entrée, avec la lumière. Sa chevelure et ses yeux rayonnaient. Une félicité émanait d'elle. Et je la vis, riant au jour.

« La clarté, » dit-elle, « la clarté ! Ne sens-tu point, autant que moi, la puissance de ce grand mot, qui déchire les ténèbres et qui descend, avec la grâce, jusqu'au fond du cœur ! »

Je ne trouvai que ces pauvres mots :

« Enfin, enfin, tu es heureuse, Ione... »

Pour toute réponse, elle tourna vers moi la gloire de son visage.

« J'ai reçu la foi, comme on reçoit une hostie, les yeux clos et les mains croisées sur la poitrine.,. Je n'ai de tristesse que ~~lorsque je~~ *en revenant* ~~reviens~~ au sentiment de la réalité, ~~je~~ retombe *en tombant* sur la terre. Je suis si lasse des angoisses et des laideurs humaines !

— Tu parles comme si tu ne désirais plus que la mort, Ione.

— La mort serait pour moi la naissance à la vie paradisiaque.

— Alors, ma chère Ione, ma douce Ione, ma sœur et ma compagne de toujours, puisses-tu bientôt trouver cette mort qui est ton plus beau désir ! »

Je refoulais, en parlant, les larmes qui me montaient aux yeux. Je voyais Ione exténuée,

Je n'ai de tristesse qu'en revenant au sentiment de la réalité, en retombant

malgré son courage, épuisée par les longs doutes d'autrefois. Elle ne pouvait pas vivre... ~~une âme~~ avide d'étern~~ité~~, et que jamais ne contenteraient les pauvres tendresses mortelles, les tendresses brèves, les tendresses incertaines.

Dans un élan de pitié fraternelle, je lui dis :

« Puisses-tu atteindre bientôt à la mort **que** tu rêves ! »

Ione possédait enfin la foi. Et la foi éclairait le rude chemin qu'elle suivait en trébuchant. Mais la clarté la plus éclatante ne saurait triompher de l'accablement qui brise les membres, ni de l'ennui sur la route monotone...

« Crois-tu aux miracles? » interrogea Ione.

« Je crois à tout ce qui n'est point réel.

— Et crois-tu aux visions? » interrogea-t-elle de nouveau. « Je parle des visions intérieures. »

Aussitôt, elle s'aperçut que je ne la comprenais point, et reprit :

« Je pense que la Très-Sainte Vierge et le
doux Sauveur se manifestent aux âmes qui les
appellent. On les entend, et même on les voit.
Mais on les voit en soi, on les entend au plus
profond de soi-même. Ils resplendissent, non
point devant les prunelles, mais au cœur trem-
blant. C'est ainsi que Marie se révéla hier à
moi, et me parla dans la chapelle où se sont
accomplis déjà des miracles.

— Je connais cette chapelle dont l'ombre est
si mystérieuse que l'on y admet sans peine
l'accomplissement des miracles.

— Je m'y suis agenouillée en plein jour. Le
soleil était aussi pénétrant qu'il l'est à cette
place où nous sommes. L'air bleuissait, limpide. Il n'y avait aucun trouble, aucune énigme.
L'univers était d'une simplicité absolue. Et
c'est dans cette simplicité, dans cette grande
lumière, que le miracle s'est très naturellement
accompli. »

fut enfin le déchirement brusque, la rupture...

Et je rencontrai Nedda aux côtés d'une autre femme...

Cette autre femme n'avait point le charme morbide de Vally. Elle n'était ni Undine, ni Viviane, ni Loreley. Ce n'était qu'une femme vulgaire. Mais Nedda marchait serrée contre elle, et leurs deux corps se cherchaient, s'attiraient inconsciemment.

J'arrêtai les deux compagnes et je dis à Nedda :

« O Nedda ! est-ce que véritablement l'on peut aimer une seconde fois quand on a aimé ? »

Elle jeta ses bras autour du cou de la femme vulgaire, dont les cheveux, coupés court, encadraient un front bas. Et Nedda me dit, sur un ton passionné :

« Vois combien je l'aime ! »

La femme vulgaire, qui avait connu de nombreuses amours, dit alors :

« Jamais je n'ai aimé une femme comme aujourd'hui j'aime Nedda. »

Elles joignirent leurs lèvres...

Mais toute cette passion s'affirmait de façon
trop bruyante... Elles s'aimaient avec trop
d'âpreté volontaire. Les véritables amours sont
faites de silence.

Tandis que je réfléchissais ainsi, Nedda,
s'étant séparée de sa compagne, vint à moi.

« Je suis heureuse, » me jeta-t-elle en un défi.

Je ne sus rien répondre.

Elle protestait, elle se révoltait contre mon
incrédulité muette.

« Je l'aime, » affirma-t-elle en montrant du
doigt sa compagne qui l'attendait, couchée
parmi les profondes herbes rousses.

« Ne songes-tu jamais à Nelly? » osai-je interroger.

Elle hésitait, balbutiait :

« Quelquefois... ah ! oui, quelquefois... mais j'aime ailleurs, et, tu le vois, je suis heureuse.

— On n'oublie pas Vally.

— Mais ma nouvelle amie m'adore, et Vally ne m'aime plus. Je crois même qu'elle ne m'a jamais aimée.

— Qui sait, Nedda ?

— Ne juges-tu pas en tous points charmante ma nouvelle compagne ? Je l'ai choisie, vois-tu, parce qu'elle ne ressemble nullement à... à l'autre. N'est-ce pas ?

— En effet, elle ne lui ressemble guère.

— Elle est blonde autrement, d'une blondeur moins irréelle. Elle n'a point la pâleur lunaire de Vally.

— En effet, elle a les joues rondes et roses des jeunes Flamandes.

— Et ses cheveux coupés court m'amusent. Parfois, en l'embrassant, je me surprends à

rougir comme si j'embrassais un garçon trop hardi.

— Tu dis vrai, elle ressemble tout à fait à un garçon.

— Celle-là ne sourira point d'un sourire qui promet et qui dissimule. Celle-là ne murmurera point des paroles qui font mal à entendre, des paroles que l'on sent mensongères, parce qu'elles sont trop belles.

— Sans doute.

— Celle-là m'aimera simplement... Je suis si lasse de tout ce qui est complexe!... Je suis très heureuse. Lorsque tu retrouveras Vally, dis-lui que je suis heureuse.

— Je lui répéterai ce que tu viens de me dire.

— Merci... Vois, là-bas, mon amie me fait signe de revenir auprès d'elle. Je cours rejoindre ma chère bien-aimée. Au revoir! »

Légère, elle s'enfuit.

Je m'égarai dans un petit bois, où se cachaient

jalousement, en des coins de verdure ignorés, des violettes blanches. Et je méditai sur Wally et sur Nedda, et sur le pauvre amour éphémère de Wally et de Nedda.

Lorsqu'elle sut que je pouvais la quitter quelques mois, Vally me cingla d'un rire aigu.

Depuis des heures je l'attendais dans l'atelier où sonnait encore l'écho de ce mauvais rire.

Mon visage était devenu fixe comme les faces
de pierre. On eût dit que depuis des années,
des siècles, peut-être, je demeurais immobile à
cette même place. Mes paupières s'étaient faites
lourdes, mes mâchoires pesantes et tous mes
membres semblaient perclus.

J'étouffais. Brusquement, je sortis et j'errai
au hasard dans le jardin.

Je me dirigeai vers une tonnelle de glycines
où Vally avait coutume de s'asseoir. Et, soudain, un murmure de voix s'éleva. C'étaient la
voix de Vally et celle d'un homme. J'entendis la voix de l'homme, disant sur un ton passionné avec emportement :

« Je vous aime. »

Vally lui répondit, musicale :

« Je suis heureuse que vous m'aimiez. »

L'homme lui dit encore :

« M'aimez-vous? M'aimez-vous? »

Et Vally dit avec une perfide douceur :

« Je vous aime... »

L'homme tomba aux genoux de Vally. On-
doyante, elle se leva, lui échappa, comme jadis
elle s'était dérobée à mon étreinte. D'un pas
très lent, ils s'éloignèrent.

Le temps passa, confusément.

Et je me pris à songer.

Certes, Vally avait menti tout à l'heure.
Certes, Vally n'aimait point, ne pouvait point
aimer cet homme. Des phrases, prononcées na-
guère, me revinrent en mémoire.

« Une femme a-t-elle jamais aimé un homme?
J'ai peine à concevoir une telle aberration...
Le fait de se plier au joug masculin m'appa-
raît ainsi qu'une chose monstrueuse, une passion hors nature... »

Mais alors, pourquoi avait-elle murmuré, de ses lèvres florentines, ce vil, ce dégradant mensonge?

Je ne comprenais plus. Qu'elle eût délaissé ma présence taciturne pour les sourires voilés de belles jeunes femmes, cela était fort explicable et pardonnable infiniment. Mais cet homme, comment osait-il lui faire des aveux?

Elle se profanait, elle se diminuait misérablement. Et comment, et pourquoi jouait-elle cette comédie infâme, elle, ma virginale prêtresse?

Je ne comprenais plus...

XXV

J'errais dans les rues, où s'empourprait un crépuscule mauve, pareil à un tissu de violettes, lorsque l'Annonciatrice passa auprès de moi.

Elle me parla en ces termes :

« Je te révélerai l'âme de celle que tu as aimée sans jamais la comprendre.

« Vally se plaît à faire souffrir les hommes par l'offre impudente de son inviolable beauté. Car il lui agrée de se savoir inaccessible dans

une atmosphère brutale de désirs et de convoi-
tises...

« Vally adore les tortures que font naître son
sourire et son regard. Le sentiment de sa puissance féminine l'enivre.

« Mais elle n'aime point les hommes qu'elle
se plaît à faire souffrir. »

L'Annonciatrice se détourna, prête à s'éloigner.

« Un conseil ! » implorai-je. « Un conseil,
pour éclairer ma route... »

Elle me dit en s'éloignant :

« Je reviendrai vers toi, lorsque l'heure aura
sonné. »

XXVI

J'osai faire des reproches douloureux à Vally.
J'osai la blâmer des aveux de l'homme, enten-
dus par hasard. J'osai la blâmer enfin de ses
réponses mensongères.

Sans s'émouvoir, elle laissa tomber :

« De quel droit me parles-tu de la sorte, toi
que je n'aime pas? »

Elle reprit, implacable :

« Et puisque je ne t'aime point, séparons-

12.

nous. Sache que j'ai toujours été loyale envers toi. T'ai-je prodigué de fausses protestations de tendresse? Dès la première minute, je t'ai ouvert le néant de mon cœur. J'aurais voulu t'aimer, tu n'as point su m'inspirer l'amour que je souhaitais si vainement. »

Elle ajouta, mélancolique :

« L'amour que je ne trouverai jamais... »

Et elle disparut dans un frisson triste...

XXVII

J'ouvris la dépêche... Quelques mots qui résumaient brutalement la tragédie d'une âme.

« *Ione gravement malade... Venez...* »

Et je partis vers le Midi, où agonisait Ione.

XXVIII

Je traversai le jardin d'Ione où pâlissaient
des iris blancs, tristes et purs à l'égal des lys.
Je me souviendrai, pendant toute mon existence humaine, de ces iris blancs. Une senteur
mélancolique de violettes s'attardait dans les
allées, comme un adieu.

Je considérais le jardin où elle se plaisait
sans doute à errer, âprement songeuse. Elle
avait aimé ces fleurs, elle s'était inclinée vers
ces iris blancs, elle avait respiré ces violettes.

~~D'anciennes paroles se répercutèrent dans le silence.~~

~~« L'amitié est plus périlleuse que l'amour, car ses racines sont plus profondes que les racines de l'amour~~

~~« La douleur d'amitié est plus amère que la douleur d'amour. »~~

~~Je ne sais pourquoi ces choses du passé m'obsédèrent... La pensée parfois s'égare dans les grandes douleurs, et s'attache à des choses futiles, ainsi qu'un être englouti par l'abîme se raccroche vainement à une touffe d'herbe.~~

Quelque chose articulait nettement : « *Tu vas perdre Ione... Ione va mourir...* » Et j'écoutais sans comprendre encore.

Je cueillis un iris blanc. Je disais : « Cette fleur va mourir, comme Ione... Elle meurt déjà, comme Ione... Elle est morte, comme Ione... »

entrai dans la maison qui prenait déjà la couleur de cendre des demeures funèbres on m'apprit, en pleurant, que la chère Ione venait de mourir.

XXIX

Le décousu des heures qui suivirent m'é-
tonne et m'épouvante.

Je me souviens que, dans ma chambre, ~~je~~
~~ne voyais que les yeux et le front démesuré~~
~~d'Ione...~~ Le battement de mes paupières enfiévrait mes prunelles malades... Je m'assou-
pis lourdement, stupidement, à la façon d'un
ivrogne couché sur des pierres.

... Et je me réveillai... La chambre était
bleue de ténèbres.

13

Ione, debout au pied de mon lit, contemplait ses mains, dans cette attitude qui lui était familière. Puis, elle recula jusqu'à un angle où elle n'était plus qu'une blancheur de brouillard et de songe.

Je tentai de me lever et d'aller vers elle... Mon pied glissa, et je tombai dans un flot de lave ardente qui ruisselait en bouillonnant au pied de mon lit. Je voulus crier ma détresse, mais le fleuve fumant me charriait, fétu de paille égaré dans ses ondes de feu. De chaque côté du torrent embrasé, de vieilles femmes accroupies faisaient cuire du riz et des œufs sur la flamme liquide. Et la lune était de cuivre, tel un soleil d'hiver. Des cendres tombaient en grêle drue.

Une soif abominable me desséchait le palais et la gorge.

... Mes yeux s'ouvrirent sur un temple au souffle de fournaise... Un trône de rubis empourprait l'ombre ainsi qu'un astre couchant.

Du haut de ce trône, Kâli me contemplait avec une férocité religieuse. Elle laissa choir la tête de mort qu'elle broyait à la manière des chiennes affamées, et me sourit de ses dents rouges...

Le sirocco m'emportait, tourbillon de sable brûlé et de poussière jaune, emplissant mes poumons meurtris. Le sable et la poussière m'étouffaient, m'aveuglaient, m'ensevelissaient

Ce fut ensuite un paysage puérilement artificiel qui évoquait les illustrations anglaises des contes de fées norvégiens ou allemands. Des arbres vernissés aux feuillages peints s'alignaient de chaque côté d'une allée plus lisse qu'une chevelure de petite fille...

Et je me trouvai devant le cadavre de Vally... Vally flottait sur un marais stagnant. Les seins blêmes étaient deux nénuphars. Les yeux révulsés me regardaient Elle flottait, les cheveux mêlés d'iris et d'algues comme une perverse

Ophélie. Et, de ses yeux sans regards, elle me contemplait éternellement...

Je sentis sur mon visage l'air froid d'un caveau mortuaire. J'étais debout au milieu de quatre cercueils. Le plus grand était un cercueil d'homme. Il avait je ne sais quoi de massif et d'imposant. Je compris que c'était là le cercueil d'un homme de marque, d'un maître de l'heure... Des fleurs sans poésie s'y étalaient en larges taches sombres : des immortelles, de lourdes pensées aux pétales de velours pourpre.

Auprès de cette masse, s'atténuait et s'amincissait un cercueil embryonnaire, un cercueil de larve, que baignait le crépuscule des limbes... Des couronnes incolores, à la senteur très faible, s'y fanaient avec simplicité. Ce cercueil d'enfant était tragique et nul, comme tout ce qui aurait pu être.

D'affreuses verroteries funèbres recouvraient un cercueil ratatiné, dont le bois était sillonné

de nombreuses rides, pareilles à des toiles d'araignée. Ces hideuses couronnes de perles noires et jaunes devaient perpétuer la mémoire bourgeoise d'une vieille femme à la voix maussade.

Et, au plus profond de l'ombre, dans une adoration perpétuelle de cierges fervents, un cercueil virginal parfumé de violettes blanches... Je compris que je voyais le cercueil d'Ione...

Le silence était si mystérieux que les battements même de mon cœur s'étaient tus...

Mais, plus effroyable que le clairon du jugement divin, le bois du grand cercueil craqua. C'était la fermentation de la pourriture.

... Un râle, et un râle encore, et un dernier râle... J'avais cessé d'exister. J'étais une âme dépouillée de son corps/ /J'étais/ une masse informe et confuse, sans limites et sans consistance, qui flottait, n'ayant d'autre sensation qu'un grelottement de nudité.

13.

Une prière surnageait au milieu de ce vide conscient de lui-même : « Une personnalité! Un corps! un nom! Oh! redevenir quelqu'un! Être ce que je fus, quoique j'aie oublié déjà qui je fus! »

De l'ombre... Et le néant...

XXX

Enfin l'aube se leva dans mes ténèbres, et la grise apparition des êtres et des choses remplaça les effrois du délire.

J'allai voir la morte que j'aimais.

Ione reposait en un caveau funèbre. Son étroit cercueil était paré de violettes blanches.

Je demeurai toute la journée parmi les morts et ne me retirai que vers la nuit. Le parfum des fleurs agonisantes se mêlait à je ne sais quelle odeur fade, qui m'épouvantait. Par intervalles,

le bois des cercueils craquait dans le silence,
une rose s'effeuillait, avec un bruit très doux.

Lorsque je remontai jusqu'à la lumière, tout
ce que je vis me parut incompréhensible et
nouveau. J'étais plus semblable aux morts
qu'aux vivants. Les voix me surprenaient par
leurs sonorités étranges, le roulement des voi-
tures dans les rues m'étonnait, la vue des êtres
me frappait de stupeur.

Un jour, on vint m'annoncer que la ~~céré-
monie funèbre~~ aurait lieu le lendemain.

Dans un brouillard de larmes, je me souviens de l'église, et de la foule apitoyée, et de
quelques profondes douleurs. Je revois le cata-
falque blanc et les fleurs virginales. J'évoque
aussi le froid clergyman britannique et le froid
service anglican... Malgré la conversion d'Ione
à la religion catholique, ses parents avaient
imposé leur volonté dans le choix des cérémo-
nies protestantes.

Le cri de résurrection et d'éternité sonnait creux devant le cercueil, où se fanaient les fleurs pâles. J'entendis, ainsi qu'un glas dominant les sanglots, la phrase liturgique :

Though worms shall eat this body...

Et l'horrible vision de ce corps doux et délicat, en proie aux vers du sépulcre, surgit ~~devant~~ mes yeux.

Though worms shall eat this body...

Ces paroles retentirent en moi plus profondément que toutes les promesses d'immortalité.

Je tombai à genoux. Devant qui, devant quoi et pourquoi? Je ne sais. Je m'agenouillai très simplement, devant quelque chose qui était au-dessus de ma douleur et que je ne comprenais pas...

XXXI

Le cœur désolé, l'âme plus désolée encore, j'allai vers la maison de Vally. Elle seule pouvait éclairer, pouvait embaumer pitoyablement ma nuit misérable.

Avec un déchirant espoir, je frappai à la porte...

Et nul ne me répondit.

XXXII

Je partis le lendemain pour Tolède. Que j'aime cette ville d'automne, la lèpre de ses maisons, la maladie de ses pavés, les plaies de ses murs, l'agonie de ses fresques !

Il me revenait à la mémoire une litanie morbide composée en l'honneur de Notre-Dame des Fièvres, si victorieusement enchâssée dans cette ville de désolation.

14

Ton haleine fétide a corrompu la ville...
   Un vert de gangrène, un vert de poison
   Grouille, et la nuit rampe ainsi qu'un reptile.
   La foule redit en chœur l'oraison,
   Délire fervent qui brûle les lèvres,
   Frisson glacial parmi les sueurs,
Vers ta lividité, Notre-Dame des Fièvres !

L'ombre t'a consacré ses mauvaises lueurs.
   Les phosphores bleus sont tes frêles cierges,
   Et les feux follets dorent ton autel,
   Vierge qui souris à la mort des vierges,
   Qui demeures sourde à l'obscur appel,
   Madone vers qui matines et vêpres
Montent en grelottant, Notre-Dame des Lèpres !

Ta cathédrale, aux murs rongés par les lichens,
   Écœure le soir par sa tiédeur fade.
   Sur les lits souillés de hideux hymens,
   Suinte la moiteur des mains de malade.
   Les ladres squameux et les moribonds
   Mêlent leur soupir au cri des orfraies
Et baisent tes genoux, Notre-Dame des Plaies !

Tes tragiques élus ont incliné leurs fronts
   Sous le vent divin de tes litanies.
   Et, parmi l'encens et les chants sacrés,
   Et l'écoulement des âcres sanies,
   S'exhale un relent de pestiférés.
   Le pus et le sang et les larmes pâles
Ont béni tes pieds nus, Notre-Dame des Râles!

Peu à peu, je discernai la pâleur cruelle de la Madone des pestiférés. Dans ses yeux stagnants, s'azuraient et verdissaient les reflets des eaux mortes. Des souffles paludéens émanaient de sa robe aux plis tourmentés. Sa face était tumultueuse comme les visions du délire. Et je reconnaissais dans l'image mortelle l'image de Vally... Les yeux stagnants réfléchissaient le regard de Vally... Le visage changeait à l'égal du visage de Vally... Vally était venue corrompre l'air et le soleil, empoisonner à jamais mes espoirs d'oubli et de guérison. Elle était

venue, sachant que je ne lui échapperais point...

Les jours passèrent, et j'écrivis à une amie aux mains d'androgyne pour abréger une heure douloureuse.

Elle me hante comme un remords. Je ne peux plus me ressaisir, je ne peux plus revivre. Son souvenir me tue sans m'achever.

J'entends parler d'elle. Elle est joyeuse et peu lui importe que j'agonise ici.

Vainement, j'ai voulu me tuer deux fois. Si je trouvais pourtant, au fond de ma faiblesse et de ma lâcheté, l'énergie de disparaître, si j'y réussissais enfin, vous ne diriez jamais, jamais à Vally, — n'est-ce pas? — qu'elle seule me porta le dernier coup.

L'amitié très blanche d'Ione fut jadis ma consolation et mon refuge. Depuis sa disparition, je n'ai plus rien sur terre.

Les quinze jours qui suivirent ma première rencontre avec Vally ne furent qu'une stupeur extatique, un éblouissement enchanté. Et pourtant je savais qu'elle ne m'aimait point, que je me trompais comme elle s'était trompée aussi.

Ce n'est point sa faute si elle n'a pu m'aimer. Ce n'est point non plus la mienne. Ne la blâmez pas, puisque moi-même je ne la blâme point.

Je hais la vie. Je ne sais ni comment ni pourquoi j'existe encore.

Tout ce que j'écris est inutile, faible, impuissant : impuissant comme ma pensée, faible comme mon cœur, inutile comme ma vie.

Je me réjouis au souvenir de la fin d'Ione. Je triomphe de la certitude de son repos. Elle ne souffre plus de l'oppression d'exister, elle n'est plus qu'un parfum errant au fond de la nuit, un peu de sève dans un brin d'herbe...

La douleur! Ah! la banalité, la monotonie de la douleur! Elle est vulgaire, puisqu'elle appar-

14.

tient à tous. Elle est la prostituée sans grâce que
la foule possède. De l'avoir connue, il me reste
une lassitude où se mêle un dégoût.

Vally ! elle a de divins sourires d'âme, et des
larmes inespérées. Mais elle a surtout des cruau-
tés implacables. Je veux l'aimer comme on aime
une morte. Je veux ne plus songer qu'à l'incomparable qui est en elle, à la tristesse de quelques
heures attendries.

Elle fut mon premier amour, voyez-vous ; je
n'ai jamais aimé qu'elle. Je crois que je ne pour-
rai jamais aimer une autre femme de cette même
passion furieuse et farouche.

Je ne sais point l'oublier aux heures où je veux
me distraire de cette idée fixe. J'ai fait une cour
discrète à une Espagnole aux pieds d'infante.
Mais ce n'est là qu'un jeu sans importance, un
simple thème de conversation sur lequel il est
plus agréable de broder que sur le thème trop
usé de la pluie et du beau temps. Cela ressemble

à l'amour vrai comme la peine d'une enfant ressemble à l'agonie d'une martyre.

N'est-ce pas?...

Je rêve d'une mort qui serait une volupté,
d'une mort qui serait une consolation de la vie,
l'impossible bonheur lui-même. L'obsession de
cette mort est pareille au désir qui s'exalte vers
une femme.

L'amie aux mains d'androgyne m'adressa
une lettre dans laquelle elle me raillait de mon
inconstance.

Je lui répondis :

Ne savez-vous donc pas, amie, que la psychologie se trompe presque aussi infailliblement
que la médecine? Vous êtes tombée dans l'erreur
la plus profonde en croyant que mon amour pour
Vally se conjugue au passé. Tout est fini entre
nous : c'est la meilleure des raisons pour que je
l'adore.

Quant à la Sévillane aux pieds d'infante, ô devineresse grossièrement abusée! je la revois demain après une absence d'une semaine, et cette pensée m'est indifférente. Elle a la perfidie de l'autre, de l'Unique, sans le charme, la magie de tout l'être, qui jadis m'ensorcelèrent.

Je vous parle de tout cela légèrement peut-être. La vérité est que je m'égare dans la douleur. Je hais Vally avec passion. Je la verrais souffrir avec délices. Et je donnerais pourtant mon cerveau et mon sang pour lui épargner la moindre angoisse. Je ne sais plus. Je l'aime.

Au revoir, amie chère. — A quand? je ne sais. Je ne puis envisager l'avenir lorsque le présent est d'une intensité si douloureuse. Vous me plaindrez peut-être un peu, puisque vous êtes une amie loyale autant que subtile et tout à fait délicieuse lorsque vous ne vous piquez point de psychologie.

Je n'ose vous baiser les mains. Vous avez des mains presque viriles, des mains qui possèdent,

qui prennent et qui gardent, mais ne s'aban-
donnent jamais. J'ai, comme vous le savez, la
passion des mains, plus éloquentes que les visages.

Je me souviens comment Ione, pendant des
heures, contemplait ses mains de malade aux
matités d'anciens ivoires...

Je n'ose ~~point~~ non plus vous serrer la main
en camarade, car vous avez des mains perverses,
et elles me déconcertent. J'ai trop l'inquiétude
de leurs longs doigts sinueux. Toute réflexion
faite, je vous dis très simplement : Au revoir.

Je quittai Tolède pour m'abîmer dans le rêve
mauresque. L'Alhambra fut pour moi un en-
chantement pieux. La *sala de las Dos Hermanas*
me devint plus chère que toutes les autres. Par
un soir de sortilège et de souvenir, je vis les
deux sœurs royales, Zoraÿda et Zorahaÿda.

... Elles étaient assises l'une en face de
l'autre, de chaque côté de la fontaine. L'eau

chantante miroitait dans l'ombre, et leurs yeux songeaient en la contemplant. Les joueuses de guzla endormaient moins harmonieusement leur immuable rêverie. Parfois, les princesses modulaient une mélopée bizarre et leurs voix dominaient la musique de la fontaine.

Leurs regards, tout ensemble proches et lointains, se cherchaient à travers une brume de fraîcheur. Mais la fontaine les séparait plus efficacement l'une de l'autre que toutes les portes du palais. La fontaine leur semblait l'obstacle infranchissable. Elles se souriaient à travers la brume d'eau... Jamais, elles n'osèrent s'asseoir l'une près de l'autre et se prendre les mains. Et elles moururent sans détruire dans leur âme le charme infini du désir et du regret.

XXXIII

Vers la fin de l'hiver, je m'arrachai à la ville merveilleuse et revins à Paris, avec l'espérance lâche de revoir pour un instant la beauté fuyante de Vally.

Je ne sus point la retrouver.

... C'était un de ces soirs où Vally aurait dû venir, un soir de lune et d'étoiles qui eût été beau inexprimablement si elle était venue...

Et je songeai que j'étais semblable à un

homme qui s'en retourne d'un pays maréca-
geux, emportant dans ses moelles et dans ses
os la fièvre dont, un jour, il devra mourir.

On la cache en soi, sans presque s'en douter,
on la ressent à peine, cette fièvre patiente qui
sait attendre ses heures... Elle accorde artifi-
cieusement un répit illusoire, et l'on s'imagine
que l'on n'a plus rien à craindre d'elle. Mais
elle ne souffre point qu'on lui échappe. Et, une
nuit, on la retrouve à son chevet.

Je retrouvais ainsi la pensée de Vally, la lan-
cinante, la mortelle pensée de Vally.

On n'oublie point... On n'oublie jamais...

C'était un de ces soirs magiques où elle aurait dû venir...

XXXIV

La nuit était ~~toute~~ laiteuse d'un ~~merveilleux~~ *et étrange*
clair d'étoiles. Une lumière diffuse tombait du
ciel. Et, un souffle très pur ayant écarté les
rideaux, tout le clair d'étoiles neigea dans ma
chambre...

Je ne dormais qu'à demi... Je flottais, entre
le réel et le rêve, comme le cercueil trois fois
sacré flotte entre la terre et le ciel.

Un songe s'épanouit sous mes paupières...

15

J'errais dans un champ très vaste, encerclé
par un fleuve immobile. Des nénuphars dormaient sur les flots ~~stagnants~~. Ces nénuphars
étaient blancs et larges ouverts. Ils répandaient
autour d'eux une odeur de sommeil. Je m'arrêtai pour cueillir les narcisses des prés qui
blondissaient délicatement, pareils à de petits
lys jaunes. Des crocus et des primevères blê-
missaient aussi dans ce champ où il n'y avait
ni abeilles ni cigales.

Je ne vis point d'arbres ni de collines à l'horizon. Je ne vis ~~autour de moi~~ que ce vaste
champ d'herbe pâle où fleurissaient les narcisses des prés et les primevères.

Autour de moi s'épandait un silence recueilli, et qu'on eût dit tissé de souvenirs. Le
jour était faible, mais persistant. Une brume
s'accrochait à l'horizon telle une immense toile
d'araignée.

Soudain, de petites vapeurs se formèrent sur

le flot immobile où dormaient les nénuphars,
et coururent ~~très fines~~. Je les suivis des yeux. *diaphanes.*
Un saule pleureur s'inclinait, comme pour
chercher dans l'eau le reflet oublié d'une image
disparue.

J'aperçus, venant à moi, deux femmes qui
marchaient ~~très~~ lentement. L'une était vêtue
d'un vert smaragdin et portait une palme. Ses
cheveux, d'un roux brun, coulaient sur ses
épaules. La seconde était vêtue de pourpre
sombre. Elle tenait une cithare. Ses cheveux,
de la couleur du lin roui, étaient emprisonnés
dans un réseau d'or.

Toutes deux étaient accoutrées selon une
mode ~~fort~~ ancienne. Leurs chaussures ~~très~~
pointues étaient brodées de dessins bizarres.
Ces broderies d'or étincelaient à travers
l'herbe.

Elles passèrent devant moi sans tourner la
tête, sans m'adresser une parole. Leur regard

en une mode très ancienne —
les chaussures pointues
étaient

était si distrait que je n'osai les arrêter. A dis-
tance, je pris la même route qu'elles...

Les deux inconnues marchaient d'un pas
mesuré, comme en l'accomplissement d'un
rite auguste. Elles marchaient, droites et sacer-
dotales, le long du fleuve. Le champ paraissait
infini. Il s'étendait, monotone, il reculait toujours comme l'espace lui-même.

Les inconnues joignirent un groupe de musiciennes. Quelques-unes, aux parures égyp-
tiaques, étaient assises, rigides à l'égal d'Isis.
Un kinnor se taisait entre leurs doigts.
D'autres, aux blancs péplos, veillaient auprès
de leur lyre endormie. D'autres encore se penchaient sur des luths. Une femme à la robe
hiératique était assise devant un orgue.

Tous ces instruments étaient muets. Aucun
son ne troublait l'air immobile. Et, pourtant,
rangées autour des musiciennes, de jeunes
femmes, aux robes de tous les siècles et de tous

les pays, écoutaient en des attitudes d'extase.
Elles écoutaient avec leurs prunelles, elles écoutaient avec tout leur corps penché...

Mais, à mon approche, comme si j'eusse
interrompu un concert aérien, les musiciennes
et les auditrices se levèrent brusquement, avec
des gestes et des regards de courroux. Toutes
se levèrent, toutes s'enfuirent. Les traînes
bruissaient sur l'herbe, vertes, orangées, violettes.

Je suivis des yeux les fugitives. Elles se dis-
persèrent dans la brume suspendue à l'extré-
mité du champ, comme une vaste toile d'araignée...

Je me retrouvai solitaire... Quelques ins-
tants égrenèrent leurs grains de sable... Une
forme voilée émergea soudain de la brume lointaine.

Une paix inexplicable, un incompréhensible
bonheur planèrent sur moi, ainsi que deux

15.

colombes. Je vis qu'une félicité inconnue me serait révélée.

J'attendis la venue de cette forme que les fumées d'eau précédaient, ~~courant au-devant d'elle~~

Un nénuphar clos s'épanouit, comme par miracle. La forme voilée s'avança... ~~Et,~~ en d'inexprimables affres d'extase, en une radieuse douleur, je reconnus Ione.

Je m'agenouillai... Et, prière ou sanglot, mon âme s'exhala vers la Ressuscitée.

Les paroles expirèrent sur mes lèvres. Mais des larmes jaillirent de mon cœur et ruisselèrent intarissablement.

« Ione... » murmurai-je, « ma chère Ione... ma douce Ione... ma pauvre bien-aimée... »

Quelque chose au fond de moi m'avertissait de l'irréalité d'un si douloureux bonheur.

« Cette joie est illusoire. Cette joie ne durera point... »

Ione me considérait pourtant, de ses yeux tristes et tendres... Ah! les mêmes yeux qu'autrefois! Ah! le même regard!...

Et, comme les petites, les très petites choses ont une importance incalculable, quand il s'agit de ceux que nous aimons, je vis qu'elle portait la robe rouge de jadis, la même robe qui m'évoquait jadis les beaux soirs de Florence.

Quoique la Ressuscitée fût tout près de moi, je sentis obscurément qu'elle demeurait infiniment lointaine. Je n'eus point l'audace de tendre vers la forme adorée mes mains suppliantes.

Il y eut entre nous un silence insondable.

Je contemplai Ione de mes prunelles avides, de mes prunelles éperdues, qui la retrouvaient enfin. Un narcisse des prés frôlait sa robe. De petites veines bleues, où affluait un sang transparent, se dessinaient sur ses longues mains d'archange.

La souffrance de cette minute était si poignante, était si aiguë, que je ne pus l'endurer plus longtemps. ~~Prise d'une folie de félicité et de douleur,~~ je tendis mes mains suppliantes et voulus toucher un pli de la robe rouge... de cette robe rouge de jadis...

Mais aussitôt l'Apparition s'évanouit. Le champ pâle et le fleuve, et la brume disparurent...

Dans mon âme meurtrie, Ione mourut une seconde fois...

XXXV

Je ressentais jusqu'au fond de l'île

La tristesse du printemps, ~~était en moi~~. Cette révolte des plantes jeunes contre la mort prochaine, cet effort inutile de la vie, m'oppressaient comme une souffrance. Que de souvenirs au cœur des renouveaux !

Je me promenais autour d'un lac opalin, les yeux vaguement charmés par le jeu des feuillages sur l'onde, lorsqu'une voix limpide me fit tressaillir. Je reconnus Dagmar, une petite

poétesse que j'avais admirée jadis pour son co-
loris délicat de vieux Saxe. Ses cheveux bouclés
l'auréolaient d'une grâce enfantine, et ses yeux,
au bleu puéril, s'ouvraient largement, comme
extasiés d'un conte de fées.

« Que vous êtes sombre, par ce beau soleil ! »
sourit-elle de ses lèvres claires.

« La joie des autres attriste mon égoïsme,
Dagmar. »

Elle me considérait avec compassion.

« Et Vally ? Vous étiez, il y a un an, son
chien de garde, soit dit sans vous blesser.

— Oh ! ne craignez point... J'ai toujours eu
le culte de l'absurde. Je n'ai point oublié Vally :
c'est Vally qui a perdu le souvenir de ma mo-
deste existence.

— Vous avez dû beaucoup souffrir. Vous
n'avez plus le même visage. J'ai hésité un moment avant de vous reconnaître. Je suis très
bonne, au fond, malgré mon humeur fantasque

d'enfant gâtée. J'écouterai le récit de vos peines,
fût-il interminable. C'est le meilleur moyen de
guérison. A force de parler d'une chose, on
finit par s'en détacher, car on se lasse même de
ses plus chères douleurs.

— Peut-être avez-vous raison, petite églantine d'avril. Mais vous m'effrayez un peu : vous
ressemblez trop au matin.

— Le matin est très doux, lorsqu'il se lève
après une nuit fiévreuse, » dit-elle. « Il ne faut
pas redouter le matin. Je l'ai vu errer dans les
bocages, pour voir si les roses rouges s'étaient
ouvertes pendant la nuit. Et, d'un geste pi-
toyable infiniment, il apaisait la longue insom-
nie des fleurs de tabac, qui s'endormaient enfin
une à une.

— Le sommeil... » murmurai-je. « Il y a si
longtemps que je n'ai dormi d'un véritable
sommeil ! J'ai appris à aimer les insomnies qui
m'apportent les pensées nocturnes, si diffé-

rentes des pensées du jour, et la perception très
nette des présences invisibles... Ione revient
parfois pendant les silences des minuits. Sa robe
florentine, sa robe de velours rouge sombre,
semble un reflet de couchant au fond des ténèbres. Elle regarde ses mains pâles. Elle avait
de si belles et /de/ si douces mains, des mains
de sœur et de consolatrice... Mais ses yeux
sont toujours baissés, et jamais elle ne murmure une parole.

— Ne pensez plus aux mortes. *Let the dead
bury their dead.*

— C'est que je suis plus près des morts que
des vivants, Dagmar... Que j'aime votre nom
de fille du Nord ! un nom plus vigoureux que la
brise marine, un nom frais et joyeux à votre
ressemblance. Les noms de femmes sont parfois étrangement évocateurs. Les Éléonores sont
pétries de musique et de parfums. Elles ont de
profonds cheveux, où se sont effeuillés des da-

turas. Les Élisabeths sont étrangement impé-
rieuses; elles ont des regards tenaces comme
le souvenir. Il faut craindre les Faustines, re-
doutables comme des magiciennes, impi-
toyables comme des impératrices romaines.
Les Adélaïdes ont les lèvres tragiques des
amoureuses prédestinées. Les Hélènes sont
aussi belles que les statues. »

Dagmar ne m'écoutait point.

Elle reprit :

« J'adore les contes de fées... Quand j'étais
petite, mon cheval de bois m'enlevait, coursier
fabuleux, vers les lointains où les elfes jouent
au clair de lune. J'ai gardé l'âme d'une enfant
qui s'étonne des fantastiques récits qu'on lui
égrène par les longs soirs d'hiver.

— Vous êtes charmante, Dagmar. Je viendrai vous voir avec grand plaisir... S'il est vrai
que chaque être trouve son image dans le règne
animal, vous ressemblez à un colibri.

16.

~~Dagmar étincela toute.~~

« Et Vally, à quoi ressemblait-elle? » demanda la petite curieuse, les yeux brillants.

« A un cygne sauvage. »

Une tristesse lourde ceignit mon front, ainsi qu'un bandeau de ténèbres.

« Combien d'êtres avez-vous aimés sur la terre? » dit la petite poétesse, afin de détourner le cours de mes imaginations.

« J'ai aimé d'amitié, et ma sœur très blanche est morte. J'ai aimé d'amour, et ce fut le désastre. Aujourd'hui, Dagmar, j'aime la solitude.

— Eh bien! vous la délaisserez pour moi. Venez chez moi demain, ~~vous y verrez Eva, que d'aucuns ont surnommée la déesse du couchant, pour les ors roux et bruns de sa chevelure.~~

~~— J'ai entendu parler d'elle, en effet. On m'a dit qu'elle enchante les âmes, parce que~~

Lorsque tu auras compris quelle erreur nous
sépare, reviens auprès de moi...

... Toute la nuit, j'attendis fiévreusement
l'approche de l'aurore. Elle vint enfin, laide et
solennelle comme une nativité, et semblant redouter la vie inconnue. Mais que m'importait
la tristesse de l'aube? N'avais-je point en moi la
l'espérance?

Je n'osai m'avouer à moi-même la joie incertaine qui me ravissait, dans la crainte de la voir
s'évanouir. Je n'osai aller vers la maison de
Dagmar, et ce ne fut point avant le couchant
que je trouvai le courage de frapper à sa porte.

Elle était debout sur le perron, les yeux hyp-
notisés par le ciel somptueux.

« Voyez ces nuages, » s'écria-t-elle. « Ils sont
pareils à des rois très pieux et très puissants,
qui apportent des vases d'or et des ciboires
ornés de pierreries afin de parer les autels.

— Vous êtes, » lui dis-je, « une princesse qui chante en jouant, solitaire, avec les opales de son collier. En attendant le prince inconnu, elle s'endort toutes les nuits aux sons d'une harmonie invisible que font naître autour d'elle ses petites sœurs, les fées ! »

Dagmar, en égrenant ses opales, attisait capricieusement leurs flammes indécises.

« Les opales... » murmura-t-elle. « Oh ! oui, je les aime. J'aime aussi les turquoises rondes. »

Elle sourit de son joli sourire d'enfant perverse.

Je lui dis encore :

« Vous avez dû écouter ingénument d'innombrables aveux, — des aveux chuchotés vers le crépuscule, murmurés par des soirs comme celui-ci, ou sanglotés dans les ténèbres.

— J'ai eu beaucoup d'amoureux, oui.

— Et des amoureuses aussi, Dagmar. Car je vous ai entendue chanter :

For I would dance to make you smile, and sing
Of those who with some sweet mad sin have played...
And how Love walks with delicate feet afraid
    'Twixt maid and maid...

Vous avez dû cueillir cette chanson sur les lèvres passionnées d'une amie...

— J'aime l'amour des femmes et celui des hommes, » avoua-t-elle, « Je ne partage point le farouche exclusivisme de ces femmes qui, pour l'amour des femmes, haïssent et méprisent l'amour des hommes. Mais je préfère le plus souvent à la rude véhémence des hommes l'incomparable tendresse féminine. »

Je la considérai.

« Joli poème de porcelaine, de quels mots assez délicats vous dire ma reconnaissance? Je revis, pour avoir rencontré sur ma route le rêve de Saxe que vous êtes. »

Elle souriait toujours, sans répondre. Je con-

templai longtemps ses lèvres entr'ouvertes de
rose sauvage.

« Voulez-vous, » dit-elle, « m'emmener voir
les feux d'artifice qu'on tire cette nuit? J'adore
les fusées ambitieuses, la pluie d'étoiles et les
arcs-en-ciel brisés...

— Je viendrai vous chercher ce soir, petite
princesse. »

Elle prit mon bras... Le frôlement de ce corps
gracile m'enivrait. La conscience de ma force
me grandissait à mes propres yeux et je me
sentais l'orgueil attendri de l'être qui domine
et qui protège. J'aimais en Dagmar l'enfant
câline. Sa puérile perversité était un charme
de plus, un charme de trouble et d'inquiétude.

... Une comète s'élança vertigineusement,
monta, éperdue, jusqu'aux plus lointaines
pléiades... Puis, ce fut un bref tonnerre, une
retombée de rayons d'azur.

« Oh! » soupira Dagmar, « la neige d'astres bleus! Les vois-tu? les vois-tu? »

Elle me tutoyait ainsi qu'une enfant tutoie son petit camarade. Elle ne savait même pas ce qu'elle disait, toute à l'extase de ces étoiles filantes, vertes, blanches et rouges.

« Que c'est beau, » murmurait-elle, « cet éclair avant ces étoiles! Voici que tout le ciel est blanc d'une voie lactée!... Maintenant, il ruisselle du sang héroïque des géants... Oh! il est pavoisé de pourpre, il est comme un vaste tapis de violettes... Non, non, il est plus vert que l'océan par un soir printanier... Que c'est beau, et que je suis heureuse! »

Ses paupières battaient, ses yeux éblouis cherchaient les miens pour y surprendre le reflet de sa joie. Je riais comme elle, je riais de son rire. En vérité, nous avions l'âme de deux enfants.

... Mais, lorsque la dernière fusée s'éteignit,

ma gaieté tomba avec elle. Nous rentrâmes par une avenue de chênes séculaires.

« J'ai presque peur de ces arbres, » frissonna Dagmar. « Ils sont plus hauts que la voûte d'une cathédrale gothique. J'aurais peur, j'aurais tout à fait peur si tu n'étais pas là... »

Elle se blottissait contre moi, en un geste frileux. J'aurais voulu l'emporter très loin, l'étendre sur un lit étroit et doux autant qu'un berceau, et couvrir de baisers ses fragiles pieds nus.

« N'êtes-vous point lasse, Dagmar?

— Oui... J'ai tant regardé les fusées que je me sens lasse enfin... »

Le rire lumineux de ses prunelles démentait ses paroles. Nous nous assîmes sur un banc de marbre.

Je me rapprochai de Dagmar.

« Jolie, ah! trop jolie, pourquoi ai-je tant d'angoisse en vous aimant? »

Elle ne s'étonna qu'un peu, ne s'offensa pas.

« Dites-moi encore, et mieux, que vous m'aimez, » commanda-t-elle, impérieuse.

« O ma fleur d'aube ! Si tu savais de quelle tendresse très douce je t'environne ! Elle est très simple, mais je la tresserai en mille phrases, afin qu'elle te paraisse éternellement nouvelle. Je veux la rendre versatile et changeante, comme les opales et comme les arcs-en-ciel que tu préfères... »

Elle inclina son front sur mon épaule.

« Je t'aime, Dagmar, d'une si indulgente caresse d'âme, que tes trahisons futures n'éveilleront jamais en moi la plus faible colère. Et cependant, si je t'aimais plus tard d'une passion comme celle qui me ravagea... qui sait ?... »

XXXVI

Nous étions dans le jardin de Dagmar.

« Vous êtes plus églantine que jamais, » murmurai-je. « Je n'ai jamais vu de fraîcheur comparable à la vôtre. »

Et la pensée soudaine me vint, qu'il serait exquisement imprévu et suave d'oublier, auprès de cette adolescence, mes longues tortures. Ce serait pour Dagmar le caprice d'une heure d'ennui, et, pour moi, la consolation inespérée.

Mais une anxiété me retint. Oserais-je mettre mon cœur trop lourd entre les mains d'une enfant?...

« A quoi rêvez-vous? » me demanda la petite princesse. « Vos pensées m'inquiètent toujours. »

Je la regardai jusqu'au fond de ses yeux bleus de tout le printemps qui s'y reflétait.

« Si vous vouliez mettre dans la mienne votre main de petite fille sans défiance, Dagmar, j'irais respirer auprès de vous l'air de l'aurore. »

Ses prunelles trop claires ne fléchirent point sous mes prunelles. Et, dans sa perverse candeur, elle me tendit ses lèvres.

« Ne crains-tu rien, Dagmar? »

Ma voix déchira les voiles invisibles, que le silence venait de tisser autour de nous.

« Que pourrais-je craindre?

— Mon amour.

— Faut-il craindre l'amour? » demanda-

t-elle, si ingénument que, devant le baiser qu'elle m'offrait, je reculai... Je reculai comme un être que la démence a frappé à demi recule devant le meurtre conçu en une heure insensée.

Et je lui dis :

« Il y a encore place en moi pour une pitié attendrie devant la faiblesse, — l'exquise faiblesse confiante. Tu ne souffriras point de ta curiosité puérile, Dagmar. »

XXXVII

La petite princesse s'éloigna pendant de longs jours. Je pensais à elle comme on sourit aux enfances anciennes...

Vers la fin d'un après-midi pluvieux, je m'attardais dans la bibliothèque, lorsque la porte s'entre-bâilla. Dagmar s'avança vers moi, hésitante.

« Je suis venue vous apprendre une nouvelle très grave, » dit-elle d'une voix vaguement

hâtive. « Mais laissez-moi me réchauffer d'a-
bord et sécher ma robe toute ruisselante. »

J'allumai pour elle un feu capricieux. Les
flammes firent miroiter ses prunelles trop
claires.

« Donnez-moi une cigarette. »

De ses lèvres d'enfant gourmande, s'exhala
une fumée plus subtile qu'un songe d'opium.

« Le crépuscule, » dit-elle, « est semblable à
une femme qui pleure en une chambre silencieuse, où se fanent des fleurs blanches... Les
pétales tombent sans bruit, l'un après l'autre,
et l'heure est frémissante de rêves inavoués.
Dans le lointain, passent les souvenirs aux tu-
niques flottantes... Des étoiles brillent à leurs
sandales...

— Vous êtes poétesse comme Éranna, la
vierge qui mourut à dix-neuf ans et fut aimée
de Psappha... Mais quelle est la grave nouvelle
dont vous me parliez tout à l'heure ? »

Elle rougit faiblement.

« Vous m'avez dit ~~autrefois~~ que j'étais une petite princesse attendant, sur la terrasse, la venue de l'époux...

Ce fut un silence anxieux.

« Le prince que j'attendais est venu vers moi... »

Une délicate bergère de Saxe, qui ressemblait à Dagmar, jouait sur des pipeaux de porcelaine une musique muette. Je pris douloureusement la mièvrerie trop jolie et trop frêle, et je la brisai...

Dagmar tendit vers moi ses mains implorantes :

« Épargnez-moi votre rancune. Je ne la mérite guère.

— Il n'y a aucune rancune en moi : une mélancolie seulement. Je ne vous blâme point, Dagmar, je vous pleure.

— Je tremble pour mon bonheur, » frisson-

na-t-elle. « Le monde est pareil à un dragon qui jamais ne s'assoupit, au dragon cruel des contes de fées. Ah ! qui nous défendra de la haine de l'univers ? Nous sommes deux enfants, lui et moi, deux enfants perdus dans la forêt ténébreuse. »

La pluie tombait, au dehors, isolait nos inquiétudes, tel un rideau déployé, nous séparant du monde et des êtres. Elle bruissait, comme la soie des longues traînes.

« Je ne sais pourquoi, » dis-je, afin de voiler par des paroles le tourment de mon âme, « la pluie me rappelle les vagues éloignées.

— Les vagues... » murmura Dagmar, « ... il me semble voir les marées jeter vers nous des fleurs d'argent et des fleurs glauques...

— Dagmar, » sanglotai-je, « se peut-il que nos routes se séparent à tout jamais ? »

Lentement, elle se leva.

« Ma vie est différente de la vôtre. Encloîtrée

derrière une haie d'aubépines, je devine à peine les laideurs menaçantes du monde. Je ne sais pas l'existence humaine. J'ignore les passions et les angoisses que refléchissent vos yeux mauvais... vos yeux méchants...

— En vérité, tu n'as point connu l'existence humaine, Dagmar. C'est pourquoi je n'ai point osé t'aimer... »

Elle se détourna, et, pensive :

« Adieu, » dit-elle très bas.

« Adieu, Dagmar... »

En passant, elle frôla de sa robe Kate Greenaway, de sa robe aux larges plis, la statuette brisée.

XXXVIII

Le tourment de l'avril s'éteignit enfin. L'été,
cher à Notre-Dame des Fièvres, surgit de la
terre brûlante. L'image de Vally régnait implacablement sur les heures torrides : elle consu-
mait mon sang et desséchait mes moelles...

Je craignais les fleurs, comme de sournois
adversaires; je craignais la musique, comme
une perfide ennemie; car fleurs et musique re-
célaient toutes les trahisons du souvenir. Les

18

colères voluptueuses d'autrefois me déchi-
raient, ainsi que des monstres charmants...

~~Parfois, les dents serrées pour une muette dé-~~
~~fense, je luttais contre la force qui m'attirait~~
~~vers Vally.~~

~~Mes lettres restèrent sans réponse. Je con-~~
~~nus les affres des emmurés et des ensevelis vi-~~
~~vants. Je perdis enfin jusqu'à la force de pleu-~~
~~rer sur moi-même, consolation unique des affli-~~
~~gés.~~

Un jour, pourtant, je me réveillai l'âme
moins lourde. Il me sembla que des parfums
de violettes avaient baigné mon front, pendant
que je dormais.

L'oppression qui m'étouffait à mon réveil
avait disparu. Je ne redoutais plus le soleil
entrant par la fenêtre ouverte, ni l'odeur de
chèvrefeuille qui montait du jardin.

Je me demandai très bas quelle douceur inconnue dissipait ainsi le souffle pestilentiel de

Notre-Dame des Fièvres. Et, regardant au dehors, je m'aperçus que l'été venait de fuir devant l'automne.

L'apaisement des fleurs fanées s'infiltrait en moi. Longuement, j'errai près de l'eau où se trempaient les chevelures rousses des saules.

Avec une incertaine attente, je levai les yeux... Devant moi, sereine de la sérénité d'octobre, je vis Éva.

Elle semblait l'incarnation même de l'automne. Dans ses longues mains de martyre, expiraient des chrysanthèmes mêlés aux feuilles mortes. Les plis mélancoliques de sa robe tombaient autour d'elle. Elle était enchâssée de vitraux plus splendides que l'arc-en-ciel et que le couchant...

Je songeai que, jadis, dans une ville trop bruyante, j'avais murmuré son nom mystique. Et, soudain, une envolée de cloches aériennes avait plané au-dessus du tumulte des rues

discordantes. Le carillon pieux chantait son nom, le clamait, le jetait aux vents : Éva! Éva! Éva!

... Elle s'approchait. Nulle parole ne brisa le charme du mystère.

« Ma douce Automne, ma chère Automne, » bégayai-je enfin.

Je crus que nous étions, elle et moi, debout, sur le seuil de l'éternité. Les invisibles verrières jetaient autour d'elle une gloire si miraculeuse que je ne pus en soutenir l'éclat. Un espoir vaste comme la tristesse se levait dans mon cœur.

Elle ne me répondit que par son grave sourire.

Je ne sais pourquoi l'image de Dagmar, ce poème de porcelaine, se dressa entre nous avec son charme inquiétant de fragilité.

Une angoisse plus terrible que toutes les angoisses humaines m'étreignit à ce moment.

Mes prunelles s'attachèrent sur les prunelles d'Éva, lointaines et grises et comme vues à travers des fumées d'encens.

Je répétai les paroles d'hier :

« Ne crains-tu rien, Éva?

— Je ne crains rien, » dit-elle.

Ce fut un murmure d'orgue au fond des chapelles crépusculaires.

« Seras-tu plus forte que mon mal? » implorai-je.

« Je serai plus forte que tous les maux humains, puisque je suis la pitié. »

Il se fit autour de nous un silence religieux. Je n'osai point lui sangloter : Je t'aime!

XXXIX

Un an plus tard, le soir d'été, blanc de clématites, nous réunissait dans la bibliothèque où l'on respirait une odeur charmante de bois ancien et de fleurs fanées. Sur la cheminée, auprès du portrait d'Ione, se penchaient des violettes blanches.

Éva me dit à voix basse :

« L'heure est très grave. De l'inconnu entre par la fenêtre ouverte... »

Tout à coup, je respirai un étrange parfum,
plus subtil que le parfum des fleurs, qui s'exhalait du jardin et montait vers moi. Je tressaillis,
ainsi qu'à l'approche d'un péril indéterminé.

« Je te révélerai, dès maintenant/puisqu'il le
faut, ce que je t'ai caché jusqu'ici, craignant
pour la santé de ton âme malade. »

Éva s'arrêta, les paupières divinement son-
geuses, avant de murmurer :

« Vally est revenue. »

Elle attendit. Je compris l'immense signification de ces quelques mots très simples. Vally
s'était lassée de la comédie infâme. Elle avait
chassé de sa présence l'homme qu'elle n'avait
jamais aimé. Elle était redevenue elle-même,
l'inviolable prêtresse des autels délaissés.

Je pouvais aller vers ma Loreley en la suppliant de me pardonner tout le mal qu'elle
m'avait fait et que je m'étais fait à moi-même
pour elle. Je pouvais revivre les souffrances

exquises dont je gardais inguérissablement l'empreinte.

Il me sembla que je renaissais dans la flamme qui, jadis, avait consumé ma chair douloureuse. Je regrettais les amertumes passées plus encore que les joies aiguës et brèves.

« Vally, » balbutiai-je, « Vally... »

L'éblouissement disparut, et mes yeux rencontrèrent de nouveau les yeux mystiquement embrumés d'Éva. Ils avaient la tristesse qui dort aux prunelles des saintes impuissantes à soulager les douleurs agenouillées devant elles.

« Le mirage s'est dissipé, Éva. »

Elle se leva, diaphane, à travers les demi-ténèbres.

« Je te laisse à tes deux anciens conseillers, au silence et à la solitude.

— N'es-tu pas mon silence, Éva? N'es-tu pas ma solitude? »

Lentement, et avec une douceur infinie, elle

dégagea ses mains de mes mains acharnées à les
retenir, et disparut au fond du crépuscule, qui
l'enveloppa comme un voile...

Peu à peu, l'ombre s'illuminait d'un équivoque sourire... C'était Vally, la fleur de Séléné, ~~l'Undine et la Loreley. Elle incarnait~~
l'éternelle tentation féminine. Une cruauté am-
biguë aiguisait les lueurs d'acier de ses regards.
Je crus que ces deux femmes étaient les deux
archanges du ~~meilleur et du pire~~ : Vally, l'archange pervers, Éva, l'archange rédempteur...
Vally, parfumée de poisons, parée d'aconit
et de belladone, Éva, portant au front une rouge
auréole de martyre, effeuillant sous ses pas les
lys expiatoires...

Je prononçai tout haut, en invoquant je ne
sais quelles invisibles présences :

« Choisir...

— Ne choisis jamais, » interrompit une voix
androgyne qui répondait à mon hésitation.

« On regrette toujours ce qu'on n'a pas choisi.

— Mon doux San Giovanni, que me con-
seillez-vous en cette heure indécise? »

L'Annonciatrice sourit bizarrement : ainsi
le soir sourit à son image reflétée dans l'eau.

« Il faut préférer la violence à la tendresse et
la passion à l'amour, » dit-elle. « Il est lâche
d'estimer le bonheur plus haut que la radieuse
souffrance.

— Je ne suis ni salamandre ni phénix, San
Giovanni, et je ne puis vivre de ce qui détruit
et consume.

— Tant pis pour toi, tu ne seras jamais poète.
Jamais un poète ne fut heureux. On n'est, d'ailleurs, ni poète ni saint de son vivant. Mais tu
ne seras point poète dans la mort, puisque tu
n'as point su aimer.

— J'ai aimé jusqu'à la limite de mes forces, »
me défendis-je. « Nul n'a le droit d'en demander
davantage à un être humain. Plus tard, je

m'épuisai et je renonçai à la lutte vaine. Comme
Dante, j'ai erré dans la nuit d'orage, et j'ai
frappé aux portes du monastère en implorant
la paix... Une moniale ouvrit pour moi le
sanctuaire où mon âme fut divinement consolée. »

~~L'Annonciatrice ne m'écoutait que distraite-
ment.~~

« Aucune parole de sagesse ne vaut le rire
de la folie, » ~~affirma-t-elle.~~ *dit l'Annonciatrice*

Elle continua :

« Il ne faut jamais garder de ressentiment
contre une femme. Les injustices des femmes
et leurs colères sont pareilles aux injustices et
aux colères des Dieux. Il faut les accepter avec
amour et les subir avec résignation. Et certes
nul être n'est coupable de ne point aimer un
autre être. C'est pourquoi Vally n'a jamais
commis la moindre faute à ton égard. »

Elle reprit, plus bas encore :

« Écoute les conseils de la musique. Écoute
le conseil des fleurs. Les seuls oracles qui nous
restent sont les chants et les parfums. La musique te ramènera vers ta prêtresse païenne par
la magie du songe. Les fleurs te ramèneront
vers ta Loreley, par le prestige du souvenir... »

Elle souleva la portière de pourpre, et je demeurai dans ma solitude troublée... Des étoiles
chantaient au profond de l'espace.

L'étrange parfum, plus impérieux que jamais,
m'attirait ainsi qu'un appel. Je me levai, et me
frayai un passage à travers les feuillages nocturnes,

XL

Le silence était terrible à force d'intensité,
— un silence d'angoisse qui enfiévrait la nuit.
Les plantes redoutaient vaguement les paroles
que nous allions prononcer, et les arbres songeaient, comme de graves prophètes qu'attriste
l'avenir...

Vally, les cheveux plus fluidement verts et
les yeux plus bleus que la lune, attendait... Sa
frêle silhouette se détachait sur l'herbe azurée,

s'enchâssait parmi les frondaisons glauques...
Un moment, je contemplai la forme et le visage
de mon passé.

« Vally... »

Elle ne leva point les yeux. Elle était pareille
à la statue d'une morte.

« Vally... »

Enfin, la pâleur de cette apparition s'anima.

« Je suis venue vers toi pour te reprendre.
Tu m'appartiens, car je suis ton premier amour.
Tu m'appartiens surtout parce que, la première,
je te fis souffrir. Je suis ton destin. L'intolérable
amertume de ta passion nous unit avec plus
de puissance que de longs et calmes bonheurs.
Tu peux me fuir, tu ne pourras jamais m'oublier.

— Jamais je ne t'oublierai, Vally. Jamais je
ne voudrai t'oublier. »

Un éclair victorieux traversa les yeux lunaires
de Vally.

« Je le savais, et c'est pour cela que je suis venue vers toi. »

Comme jadis, je redoutai son cruel sourire.

« Tu n'as pas su me conquérir, » prononça Vally, lentement. « Tu n'as eu ni la force, ni la patience, ni le courage de vaincre mon repliement hostile vis-à-vis de l'être qui veut me dominer.

— Je ne l'ignore point, Vally. Je ne formule pas le plus léger reproche, la plus légère plainte. Je te garde l'inexprimable reconnaissance de m'avoir inspiré cet amour que je n'ai point su te faire partager.

— Je t'ai dit autrefois : « Ne m'aime que « juste assez pour ensoleiller mon existence. »

— Et je n'ai pas été assez sage pour t'obéir. »

Elle portait des orchidées avides comme des lèvres inassouvies. Elle les détacha et les effeuilla une à une de ses longs doigts implacables.

« Il eût fallu me plaindre d'être incapable

d'une passion unique et sincère, » dit-elle,
car je ne connais rien de plus triste au monde
que d'errer perpétuellement, d'errer en quête
d'une inaccessible tendresse !

Erôs m'a fait aimer sans me fermer les yeux.

« Tu as eu envers moi un tort inexpiable. Tu
n'as pu consoler en moi l'amante, la créature
de chair qui cependant veut l'impossible. L'impossible ne lui a pas été accordé. Elle s'est donc
tuée de colère et de honte et de tout. Elle est
morte aujourd'hui.

— Ah ! Vally ! » soupirai-je.
Elle se reprit :
« J'ai besoin de toi plus que je n'aurais cru,
et autrement. J'ai besoin de toi... »
Les fleurs de tabac pâlissaient dans l'ombre.
Leurs parfums nocturnes endormaient ma rai-
son et ma conscience. Ils étaient si puissants

qu'ils triomphaient de tout ce qui n'était pas
subtil, périlleux et perfide comme eux-mêmes.

D'antico amor senti la gran potenza...

« On appartient à son passé, » accentua Vally.
« Tout ici-bas serait trop facile si l'on pouvait
échapper aux conséquences de ses actes. Je suis
ton passé et tu m'appartiens.

— On appartient à son avenir... J'appartiens
à mon avenir... et à Éva.

— Le passé est plus vrai que l'avenir. L'avenir est l'incertitude, le passé est écrit en lettres
ineffaçables. »

La voix de Vally s'imposait, souverainement.
Je lui répondis par une phrase évasive.

« Je disais à Éva, ce soir même : *Je voudrais
répandre sur tout l'univers un peu de la joie qui
me vient de ta présence.*

— Quelle joie peut égaler la douleur? La

douleur est plus forte que la joie. On peut oublier une joie, on n'oublie jamais une douleur.
Je suis ta souffrance, c'est pourquoi tu ne ces-
seras jamais de m'aimer. La souffrance seule
est vraie, et le bonheur n'est pas.

— ~~Pourquoi le possible serait-il l'insaisis-~~
~~sable ? » demandai-je.~~ J'ai la certitude que le
bonheur est tangible, qu'il est aussi vrai que le
rêve. Mais il faut lutter plus âprement encore, *répondis-je.*
pour le garder que pour le conquérir.

— Je convoite pour toi un idéal plus haut
que le bonheur. Je te veux libre, afin que rien
ne te diminue en t'absorbant. Je te veux libre,
afin que tu puisses contempler ce qui est au-
dessus de toi. Tu es si faible quand tu aimes,
ne fût-ce qu'un peu et confusément, comme tu
m'as aimée ! Et je crains pour nous le mal que
celles-là te feront. »

J'écoutais avec un étonnement troublé cette
gravité nouvelle dans sa voix.

« Je songe, » dit-elle, « au passage du géant.
L'avenir est semblable à un chemin de montagne qu'il faut creuser dans le rocher. La foule
s'arrête, hésitante et stupide, devant les blocs
infranchissables. Mais un géant se lève et marche
en tête. Il se fraie un héroïque passage à travers
les ronces et la pierre. La soif le consume et la
solitude l'enfièvre... Il périt avant d'atteindre
l'autre versant... Alors l'irrésistible force de
toutes ces faiblesses se rue dans la voie qu'il a
tracée. On les voit fourmiller par millions, là
où est mort le géant précurseur... S'il y a vrai-
ment en toi quelque chose de grand, fais comme
lui, va vers ta destinée. Dédaigne le lâche bonheur, choisis la meilleure part, qui est celle des
larmes.

— Je ne sais si le bonheur, infiniment rare,
est inférieur à la souffrance, lot universel, »
protestai-je.

« Soyons calmes et limpides, veux-tu? Né

plongeons point ainsi jusqu'au fond des abîmes
de vérité et de mensonge. La nuit me semble
lasse, — lasse comme moi toute... Mais, demain, je renaîtrai avec l'aube, et je serai pour toi
l'avril au rire indécis, l'avril dont la joie recèle
des promesses de moissons tristes, de moissons
encore endormies.

— Il n'y aura point d'aube sur le passé,
Vally. Le passé meurt avec les dernières étoiles.
L'avenir seul est l'aurore.

— Je suis écœurée de sagesse et de raison et
de vérité. Je suis écœurée de tout ce qui n'est
point le simple amour. »

Je lui répondis :

« L'amour aussi a ses aurores espérantes, ses
midis fervents, ses couchants mélancoliques et
ses longues nuits sans lune. Tu le sais mieux
que moi, toi qui crains la métamorphose plus
que la mort. »

Vally se détourna, fuyante.

« J'avais dans l'âme tout un héritage de
printemps... Ouvre-moi de nouveau tes bras et
ton cœur. Je ne réveillerai en toi aucune angoisse. Je ne t'apporterai aucun vestige d'un
jadis qui n'est pas le nôtre. Pieusement,
comme celles qui entrent dans un temple, j'en-
trerai dans ton cœur et, si j'y trouve une joie
qui se fane d'être déjà vieille, je la remplacerai
par une joie fraîchement déclose. J'ai l'âme
pleine de fleurs...

— Si tu t'inclines vers moi, Vally, c'est que
je t'échappe comme à un danger. Je t'ai trop
aimée pour ne pas te craindre éternellement.
J'avais perdu l'espoir et la confiance depuis...
depuis toi!... Mais une salvatrice est venue vers
moi... une salvatrice inespérée/

— Tu t'acharnes à ne voir que les choses
laides et tristes de notre passé... Souviens-toi
des lys! »

... Le ciel était pareil à un merveilleux pla-

fond de cèdre, de nacre et d'ivoire, et les
arbres se dressaient, sveltes et blancs ainsi que
des colonnes mauresques. La nuit semblait un
palais de Boabdil, recueilli dans le rêve de l'autrefois.

« Je me souviens, ~~Vally~~. »

Elle s'arrêta et dit :

« L'amour est un calvaire où fleuriraient des roses. »

Un serpent mort gisait à nos pieds... Oblique,
un rayon de lune fit briller étrangement les
écailles vertes, qui paraissaient tressaillir d'une
ondulation lente. Et je me remémorai quelques
phrases énigmatiques :

*Les serpents morts revivent sous le regard de
celles qui les aiment. Les yeux magiques des
Lilith les raniment, ainsi que les clairs de lune
raniment les eaux stagnantes... Les serpents*

morts s'insinuent à travers les demi ténèbres, où
leurs yeux dardent des lueurs. Car, fidèles, ils
servent les Lilith et ils épient la proie qu'elles
leur ont désignée.

... **Notre-Dame** des Fièvres corrompait le
jardin de son haleine mortelle. Les digitales et
les belladones tendaient vers elle leurs parfums
et leurs poisons... Les reptiles rampaient jusqu'à sa châsse paludéenne et lui apportaient,
comme une offrande, leur âme venimeuse...
Une lèpre de lune rongeait les arbres, et les roses
rouges saignaient, ainsi que des plaies vives...
Je voulus fuir le jardin pestiféré, mais je ne
pouvais détacher mes prunelles de Nally, aux
cheveux plus verts et aux yeux plus bleus que
les clartés nocturnes.

« Souviens-toi des lys, » dit-elle.

Une lampe lointaine jeta une lueur sur
l'ombre violente où mouraient les fleurs de

tabac. Cette lueur était consolante comme un calme reflet d'étoile.

Puis elle disparut...

La morbidité blonde de ~~Nelly~~ s'atténuait encore sous la lune.

« Une douleur plus aiguë que la joie, une joie plus profonde que la douleur... » souligna-t-elle. « Toute la passion qui méprise la paix... »

La lampe jeta de nouveau un rayon d'astre. Elle vacillait dans la main d'Éva, qui s'approchait de nous.

En vérité, ces deux femmes étaient les archanges du destin : ~~Nelly~~, vêtue de vert, Éva, vêtue de violet, toutes deux étrangement lumineuses...

« Voici l'heure de l'âme, » murmura Éva.

Il y eut entre nous trois une pause. Ce que j'allais dire était décisif et fatal. Sur moi pesait toute la terreur de choisir.

... Lorsque la parole finale fut prononcée,
un soupir monta de la pénombre :

« Adieu... et au revoir...

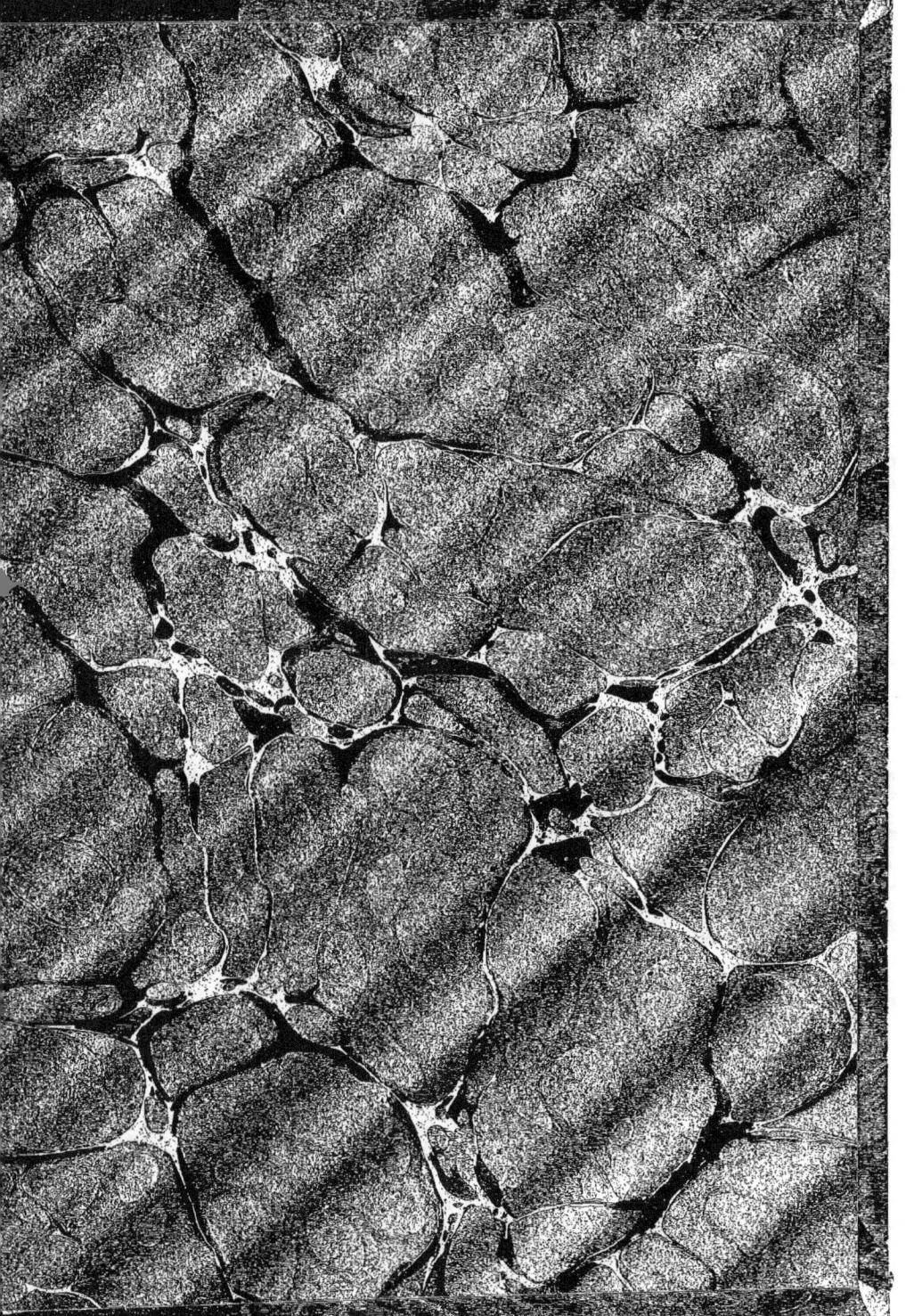

RENÉ VIVIEN

UNE FEMME
M'APPARUT...

www.ingramcontent.com/pod-product-compliance
Lightning Source LLC
Chambersburg PA
CBHW050736030726
47505CB00002B/285